正解のない雑談

言葉にできないモヤモヤとの付き合い方

大平一枝

はじめに

思うように振る舞えなかったことを、夜、不意に思い出して眠れなくなることがよくある。おとなになればなくなるだろうと思っていたらその逆で、今も驚いている。なぜあんなこと言ってしまったんだろう。どうしてあのとき気遣いができなかったんだろう。偉そうすぎた、自己中心と思われていやしないか、あるいは〝寂しい人〟と思われてはいまいか……。

些細なもやもやが何日経ってもなくならないのは、日々をなかったことにはできないという事実を、歳を重ねるごとに痛感するからだろう。

ウェブサイト「北欧、暮らしの道具店」で、〝言葉にできない感情〟について対談をした。〝自分が好きな世界ははっきりしているけれど、仕事とどう結びつけていいかわからない、なにをすればいいのかわからない人生の辛くて寒々しい季節があった。でも確実に、その時間から育ったものがある〟。

〝迷ったときは時間をかける。むりやり結論を出しても長く続かなかったり、うまくいかなかったりするから。心というのは、酒の発酵のように一見曖昧で変化がよくわからないもの。曖昧なまま待ち続け、なにか湧いてくるんじゃないかと信じて待つ方がうまくいく〟。

〝孤独は、自分という親友と仲良くなれる大好きな時間〟。

〝頑張らなくてもいいいんだよと言われても、なかなか頑張らないようにはできない。思い通りに生きる、なんてのも難しい。そう生きられる人もいるけれど、自分はできないので目指さない。心の癖を自覚しながら、だましだまし自分と付き合っていくしかない〟。

世代も生業《なりわい》も違う、多様なバックグラウンドを持つ13人の方々は、言葉にできないもやもやとの付き合い方も、それぞれまったく違った。

生きるほどに自らの弱さに関する自覚が増え、並行してどうにかこうにか自分の処方箋も増えてゆく。本書は、各人からその貴重なレシピをわけていただいたようなもの。

巻末は、石井ゆかりさんとの特別対談である。彼女は、「わざわざ言葉にしなくてよい感情」の味わい深さを語った。配信の楽曲や映画を好きなところだけショートカットで鑑賞するのが可能な今、なんでもサビだけ抜き取ってしまうのは便利だがつまらない。ドラマチックではない余白やあそびの部分からまるっと受け止めて初めてわかる本質がきっとある、と。

本書も、読み飛ばさずに隅々まで味わっていただけたらと思う。

ウェブから書籍に再編集していただくことで、あらためて気づくことが私も多かった。

たとえば、小学生のとき一学期に一度、隣街の大きな書店に行くのが楽しみだったというニットデザイナーの三國万里子さんは、書棚の前で大切そうに本を開くおとなたちを見てこう思ったと語った。

「なんてこの世界は広いんだろう！　ひとりぼっちが山ほどいる！」

誰かといても、いなくても。この世はひとりぼっちの集まりでできている。他者の心の全部は絶対にわかりえないし、考えたり悩んだりするときはひとりだ。誰かの脳を借りて思考することはできない。そして必ず死ぬときはひとり。半年以上経て、対談の何気ないひと言が心の深いところにしみわたっていった。

おいしいところだけでなく、どうぞ対話のひと言ひと言もご堪能を。

どんな人を取材しても思う。なにも失ってない人などいない。どんなに成功していても、なんでも持っていて、幸せそうに見えても。

心のほころびを、自分なりのやりかたでつくろいながら生きている。寂しさも切なさも悪くないものだぞと、きっと思えてくる。長い先々まではお約束できないけれど、昨晩ももやもやとして眠れなかったとしたら、明日は朝まで眠れるかもしれない。そんなコツが伝わる、題名をつけにくい対談集である。

STAFF
アートディレクション／藤田康平（Barber）　デザイン／前川亮介（Barber）
写真／佐々木孝憲（カバー・表）、神ノ川智早（カバー・裏）、吉田周平（P1）、黒川ひろみ（P5）
＊取材時のカメラマンは各ページに記載
編集／矢澤純子　校正／麦秋アートセンター

本書は「北欧、暮らしの道具店」(https://hokuohkurashi.com)の連載
『日々は言葉にできないことばかり』の内容に加筆修正し、再構成したものです。
「感情が自分の真ん中にちゃんとあるか」は、本書のための新規収載です。
本文中の年齢や時系列等は、すべて対談当時のものです。

対談 1

料理家 飛田和緒

努力してもままならないことがあると悟るところから本当の人生が始まる

飛田和緒（ひだかずを）

東京都生まれ。高校3年間を長野で過ごし、山の幸や保存食のおいしさに開眼する。現在は神奈川県の海辺の町に、レーシングドライバーの夫と高校生の娘の3人で暮らす。近所の直売所の野菜や漁師の店の魚などで、シンプルでおいしい食事を作るのが日課。気負わず作れる、素材の旨味を生かしたレシピが人気の料理家。日々のことを自身の言葉で綴ったエッセイ本『おとなになってはみたけれど』（扶桑社）を2021年に上梓。Instagram @hida_kazuo

撮影／メグミ

彼女のレシピはよく知っているし、海のそばでゆったり暮らしているのも、種々の媒体で垣間見ている。しかし、そういえばご自身のことをあまり知らないなと思った。

飛田和緒さんとは同い年で、お嬢さんは私の娘より5歳下。互いに巣立ちはすぐそこだ。

ふだん、どんなことを考えておられるのか。

ここまでどんなふうに暮らしてきたのか。

彼女にあえて「切ない」という感情について尋ねたら、どんな答えが返ってくるだろう。暮らしの内側、もっと言えば心の内側に、興味をつのらせていた。

対談の依頼をすると、拙著『信州おばあちゃんのおいしいお茶うけ』(誠文堂新光社)ほか、いくつか持っておられるという。彼女の実家は高校時代から、私の故郷と同じ長野なのである。

長野でも続けていたバレエとの、別れと再会のお話も含め、海の見える自邸で、日が暮れるまでたっぷり伺った。

多忙に働いていた都心から海の見える街へ

丘の上の一軒家。リビングの窓いっぱいに空。遠くに静かな海が見える。飛田和緒さんが4カ月の長女を抱え、三浦半島に越したのは17年前だ。それまで都心で忙しく働き、夜は友達を招いては楽しく過ごす日々だったという。

――仕事が忙しくなり始めた頃だと思うのですが、東京から卒業するというのは、勇気のいることだったのでは。

飛田　うーん、そこまでも考えていなかったんですよ。東京が嫌っていうのでもなくてね……。なんとなく落ち着かなくなった。あまりにも仕事も生活も忙しくて、ざわざわとしたっていうんでしょうか、人がひっきりなしに出入りして、夜も来客があって。

――楽しいんだけれど、せわしなかった。

飛田　そうなんです。もてなしたり、みんなと食べるのは大好きなので、つい遅くまでお酒を飲んじゃったり。不規則な生活で体調がすぐれず、点滴を打つこともあって、ちょっとそういう生活から距離を置きたいなと。どうせ引っ越すなら海が見える所がいい、少し東京から離れたいって、それほど深く考えずに決めました。

――お連れ合いは、そのときなんと？

飛田　反対でしたね。そんな遠くに行って和緒の仕事は大丈夫か、友達は来てくれるかなって。だから私が、もうぐいぐいと。

　飛田さんの夫も、友人や仕事仲間が多い。実際、もてなしたりもてなされたりの日々から距離ができ、少しお付き合いは減ったが、今は海でのバーベキューや小旅行気分で友人が来てくれる。ちょうどいいバランスらしい。

　ちなみに、今年はお嬢さんの受験で、家での集まりは控えめだ。

――インスタやエッセイを拝見すると、本当にお嬢さんとの時間を大事にされていて、進学などで離れたら寂しくなると、今から心配じゃないですか？

飛田　いえ、むしろ一日でも早くこの家を出て自立しなさい、と娘には言っています。そうしないと、あなたダメ人間になっちゃうわよって。

――ダメ人間ってそんな（笑）。

飛田　でも、私も18歳で長野の実家を出ましたしね。高齢で産んだ一人娘で、だからこそこの環境でぬくぬくしているのはよくないなと。そばにいると私もつい手助けや口を出してしまいがちなので。早く娘を送り出して、その後の夫婦ふたりの新しい生活、自分の次の人生を楽しみたいのです。

息子が独立して3年も経つのに、いまだ小さな喪失感が消えない私は、さばさばと語る飛田さんがひどく眩しく見えた。

点滴を打つほど忙しかった日々からスパッと環境を変え、高齢出産で誕生した待望の娘とも、ベストな距離を冷静に俯瞰《ふかん》する。

じつは仕事についても、いい本は作り続けたいが、要望がなくなったらこだわらず、着付けをやってみたいのだと目を輝かせる。

「それで打って出ようという気持ちは全然なくて、近所の人に頼まれたらやってあげられるくらいの着付け師さんになれたら素敵だなあって」

独特の執着の手放し方を、印象深く思った。

「できない」と言えるようになるまで

そもそも飛田さんの料理家としての出発点は、どこにあったのか。目指す料理家像はあったのだろうか。

飛田　いえ、こういう料理家になりたいとかロールモデルというものは、なかったんです。仕事をご一緒する方々から「やりませんか」と言われたことに、必死で応えてきた。波にまかせてあっちこっち、探り探りやってきたようなものです。

バレリーナを目指し、20歳まで真剣に打ち込んだ。「もう、おしまいにしてもいいんじゃないか」という父のひと言で踏ん切りがつき、短大卒業後は一般企業に就職、人事部で働いた。まだパソコンではなくワープロと格闘する時代だった。

料理は子どもの頃から好きで、長野ではとりわけ野菜料理や保存食の味わいに魅了された。また、上京から結婚後まで暮らした洗足池界隈には当時、コンビニや24時間スーパーがなかった。その代わり商店街が充実していたので、豆腐や旬の野菜で日々の惣菜をおいしく仕上げることに熱中した。

同い年だからわかる。バブルの終わりかけだが、世の中はまだイタ飯やフレンチにキラキラ光が当たっていた。その頃、飛田さんはせっせと、切り干し大根の煮物やきんぴらを追究していたのである。

24歳で結婚。家庭に入り、来客の多い自宅で料理を知人たちに振る舞う。たまたま文筆家の仕事を手伝った縁で、料理ページの仕事が始まった。

飛田　仕事を始めた頃、編集部に営業に行くのですが、ブックレットひとつ持っていなくて。あとから「こういうときは、試食の料理を持ってくるものよ」と聞いて恥ずかしくなりました。

――私にも苦い思い出があります。営業のとき、「なんでもできるって言うのは、なんでも浅くしかできないって言ってるようなものだよ」と言われて、大きく見せようとした自分が恥ずかしかったです。飛田さんが、それでも続けてこられたのはどうしてだと思いますか？

飛田　この方とお仕事をしたいと思える出会いが、続いたから。仕事を教えてくれる編集者やカメラマン、スタイリストに恵まれた。本当にそれに尽きます。その人達が、いつも私に合っているものを提案してくださる。そしたらもう、頑張っちゃいますよね。

――人に恵まれたと。

飛田　はい。あとよかったことがあるとすれば、「やりませんか」と言われたら必ず乗ったこと。できるかどうかわからなくても、どうしようかなと考える前に乗ったんです。

――失敗や、迷ったり悩んだりすることはありましたか。

飛田　ありましたねぇ……。得意じゃないことを受けてしまったときなんかは、ああ申し訳ないことをしたなと、心底思いました。たとえば私は、きちんと量って作らなきゃいけないお菓子は苦手なんです。自信のない料理になってしまうんですね。それって必ず料理にも出る。「できません」と言えるまでに、2、3年かかりました。

「わざわざきんぴらなんて」の声のなか

――料理本『常備菜』（主婦と生活社）は、飛田さんが好きなことを続けてこられたひとつの集大成だなと思いました。料理レシピ本大賞を受賞されて、たくさんの方に読まれ続けていますが、誕生までに、そういう試行錯誤の時間があったんですね。

飛田　常備菜は、仕事を始めた頃からずっとやりたいテーマでした。でも当時の料理本は、〝お

もてなし〟のごちそうが主流。ホームパーティしましょうとか。どなたに話しても、「わざわざきんぴらなんて、本でやることないよ」と。その後、居酒屋、カフェ飯ブームが来て、やっとこのテーマを扱える空気になったのです。

読者や料理教室の生徒の多くは、自分の料理に対して不安があると語る。これでいいのか、つねに自信がないと。

「だから私の仕事は、できてますよーと背中を押す役割。私のやってきたことを聞いたり見たりして、その方の台所仕事に役立ってくれればそれでいい」

声がかかる限りは全力で頑張るが、がむしゃらに料理の仕事を続けたいと思っていないのは、冒頭の着付け師のくだりでも触れた。

『常備菜』のあと、日々の惣菜にスポットが当たり、誰も彼もがテーマとして扱うようになった。

次々と新しい料理家や料理本が出るなかで、東京と距離を取りながら、自分を遠くから俯瞰しているような冷静さは、どこからくるのか。私は考えあぐねていた。そう言うと、飛田さんは幼い記憶をさかのぼり始めた。

人生は努力してもままならないと知った日

飛田 人間関係、夢。人生は努力してもままならないことがあると、私はバレエから学んだのかもしれませんね。

――どういうことでしょう。

飛田 本当に真剣に上を目指していたので。バレエってお金もかかるし、女性ばかりで、上下関係も厳しい。ままならないことだらけなんですよね。どんなに頑張っても、手足が長くて容姿のいい人、顔が小さくておうちが裕福な人には追いつけないの。

――家も関係あるんですか？

飛田 同じくらいの実力なら、チケットをたくさんさばける家の子が役につける。お稽古ごとと、プロダンサーの線引きがあやふやだった。そういう時代でした。え？って思うこともたくさんあったけど、私は好きという気持ちだけでやってきた。そもそもバレエって、華やかに見えますが、ただひたすら同じ稽古を繰り返す、地味な世界なんです。稽古は苦しさしかない。

――それを20歳まで。

飛田　はい。それで、努力しても報われないことがあるんだなと、自分で悟りました。そろそろいいんじゃないかと父に言われた翌日、勧められた就職の面接に行ってました。

――20歳にとって、それは大きな気づきでしたね。私なんかよりずっと早くに、人間の本質を悟っている。

飛田　でも今振り返れば、あの頃はまだはっきりとはわかってなくて。人生にはままならないことってあるよなあと、はっきりわかってきたのは、料理の仕事を始めて、30歳も過ぎてからかもしれません。

――振り返って初めて、そういうことだったかと気づく。人生は、そんなことだらけですよね。

飛田　もうひとつ、今思えば、バレエにひと区切りをつけた頃、入れ替わるように、夫のレーサーという夢が自分の夢にもなった。彼が強い気持ちでやっていたので、私も応援したいと思いました。私のことを、自分にあまり執着がないと言ってくださるのだとすれば、そのことも大きいです。

――今も現役でご活躍されていますが、応援という気持ちは、その頃からずっと変わらず？

飛田　はい。夫がいたから、仕事も育児もやれたというのもありますし、応援はしたいですね。

4年前から再開したバレエ教室

人生の機微を教えられたバレエから長らく遠ざかっていたが、4年前から、近所の初心者バレエ教室に通い始めたと言うので驚いた。

飛田　ジムもウォーキングも走るのも嫌い。でも体力をつけたいなと思っていたとき、たまたま近所に、昔のバレエ友達が稽古場を開いて。おいでおいでって言うんで、何十年ぶりかに通うことにしました。でも昔できてた基本のジャンプができなくてショックでね。

――そういうもんですか。昔すごく嗜んでいても。

飛田　そうなの、基本のジャンプってホラ、こういうの。

彼女は笑いながらすっくと立ち上がり、リビングでポーズを取り、跳んでみせた。それが音もしないしなやかな舞いのようで、目を奪われた。思わず「わあっ」とため息が漏れる。

飛田　できないのはショックだったんだけど、教室は楽しくて。ああ私、クラシック音楽が流れているところで体を動かすのが好きなのかもしれないって思いましたね。夏は暑くて、ゆでダコみたいにしてやってます。汗かいて、全身運動で気持ちがいいの。これは続けようって思っています。

人生の黄昏時とどう向き合うか

いつしか、窓の向こうの空はオレンジとグレーが混じり合っていた。

飛田さんの口からは、最後まで「切ない」という言葉が出なかった。意識して言わないのではなく、自然体で、出なかったのだと思う。

愛する娘には、一日でも早く独立してほしい。娘と一緒に旅をしたり、娘のひとり暮らしの部屋を訪ねたり。そんなことを早くしてみたい。やがてくる夫とふたりでの新しい日々が楽しみなの、と語る口調が朗らかで、こちらまで気持ちが

明るくなった。

同時に、だからこそ私には、胸に迫るものもあった。人生にはままならないことがたくさんあると、10代から感じていた人だからこそ。

この対談の撮影を担当した40歳の写真家が、帰りの車でポツリと言った。

「おふたりの話を聞けば聞くほど、私、なんだか切なくなって、撮りながら、うっときてしまいました。後半、飛田さんのお宅の窓から夕焼けが見えて、そのせいもあったのかな……」
彼女の言葉に、飛田さんと私の年齢はこれから、人生の黄昏時に入るんだなとふと思った。飛田さんは、人生の機微を教えてくれたバレエともう一度仲良くなっている。猫のように、あんなにしなやかに美しくジャンプしながら。
彼女は意識していないだろうけれど、人はそれぞれ自分なりのやり方で切なさを消化しながら人生を巡っているのだと思う。家族、友達、仕事やかつての仲間。誰かと支え合いながら。

対談 2

ヘア・メイクアップアーティスト

山本浩未

自己肯定感が低い自分と 機嫌よく付き合っていく

山本浩未（やまもとひろみ）

資生堂美容学校卒業後、資生堂ビューティークリエーション研究所にてヘア・メイクアップアーティストとして宣伝、広報、商品開発、教育などに従事。1992 年独立。「今すぐ実践できるメイクテクニック」を発信するメイクアップの第一人者で、ポジティブな美容理論も好評。洗顔料を使わず“温める・拭く・流す”のシンプルメソッド「スチームＯＮ顔」などオリジナルメソッドの開発も精力的に行う。
http://steam5.com/　Instagram @hiromicoy

撮影／川村恵理

2年前。

初めて会ったとき「一枝ちゃんって呼ばせてもらうね!」と朗らかに言われた。

白い歯に、口角がきゅっと上がったスマイルライン。鈴のような澄んだ声。

山本浩未さんとは同い年だが、私が26歳で出版の世界に入ったときにはすでに、ヘア・メイクの世界のトップランナーだった。

いつ会っても、よい印象が変わらない人。私にとってそのひとりが山本浩未さんである。

変化の激しい美容の世界で、どうしたらこの、人との垣根のなさ、当たりのやわらかさを保てるのか。

一度きちんと話してみたい、秘密を探りたいと思った。


「お待たせしました!」

はつらつとしたいつもの笑顔で現れた彼女は、椅子に座るより早く、話しだした。

「言葉にならない感情、すごくよくわかります。私、ヘア・メイクの仕事に絶望して、2回やめようと思ったことがあるの。対談のテーマを聞いて、そのときのことを思い出しました」

自分を承認できなかった若手時代

——やめようと思った一度目はおいくつのときですか。

山本　28歳。その3年くらい前から自分の才能のなさに絶望して、違う道に進もうって思ってたの。

——資生堂でバリバリにヘア・メイクアップアーティストとして働かれていたときですよね？ いろんな雑誌やコレクションに出て。

山本　才能のある人はいっぱいいいるから。自分をなかなか承認できなかったんですよね。

にわかには信じがたいが、掘り下げて聞くと、ヘア・メイクアップアーティストでありながら社員であるという難しい立場から生まれる特有の苦しみが内在していた。

山本　恵まれた仕事をさせてもらってたんです。広告など超一流のクリエイターの皆さんと。そのギャップにずっと悩んでいた。立派な人たちほど、信頼し合ったチームがもうできている。そこにいきなりキャリアも違う、クライアントのヘア・メイクが入るって、すごい場違いなんですよ。

——ああ、わかります。私も資生堂の会報誌の仕事をしていたことがあって。クライアントさんが作り手側にいるって、たしかに気を使うかもなあ。
山本　そうなの！　私が入ることでやりづらいんじゃないか、おもしろいものにならないんじゃないか。そもそも、私だけ力が足りていない。誰も言わないけど、なんか肌で感じちゃうんです。それがすごく辛かった。

現場に行けば場違いの居づらさを、会社にいれば自分の才能の限界を。誰に何を言われるでもないのに、細かいところまで気になる。相手の気持ちを考えすぎて、いたずらにひとりしんどくなってしまう。

だから「ずっと、グズグズ悩んでいました」。

――ヘア・メイクでなく、スッパリ別の道に進もうとやめちゃったんですか。
山本　はい。あてもなく28で。こんなにグズグズ考えているんだったら、違う世の中

を見よう、きっとできることが他にもあるはずだって。でも、いったん帰省した広島で通いだした自動車学校も、当時の恋も、何もかもうまくいかなくて、いつもさめざめ泣いてました(笑)。

そんな折、たまたま前職で組んだ芸能事務所から、ヘア・メイクを単発で依頼された。「せっかく声かけてくれたし、暇だし」と、東京に戻ってタレントさんにメイクをした。

それが——。

山本 めちゃくちゃ楽しかったの! クライアントとしてではなく、いちアーティストとして、相手から望まれたヘア・メイクをする仕事だったから。それが本当に本当に嬉しくて。相手も喜んでくださって、ああこれなんだよなって身にしみました。

会社員時代の経験が財産に

依頼は二度、三度と続き、やがて雑誌のメイクページも頼まれるようになる。意図せずその道に導かれ、結局、会社員時代の経験が彼女の下支えをした。

山本　当時は女性誌の中のメイクページってお飾りのような感じで。でも私は会社員時代に、感性を言葉で表現しなさい、と叩き込まれてたんですよね。人に説明しなくちゃいけないから。ふわっとした言葉じゃなくて、とにかく具体的にって。それが役に立ちました。

――私も20代のとき、編集プロダクションでボスによく怒られてました。雑誌のストリートスナップのページで、かっこよさげなカタカナを並べて書いたら「雑誌っていうのは、どこで誰が読んでるかわからない。君の書いた原稿は、青山に住む若者には伝わるかもしれないけど、地方の小さな町の美容室で髪を巻かれながら読んでいる人には伝わらない。もっとわかりやすく書け」って。

山本　一緒、一緒！　メイクのプロセスに使う言葉をちゃんと表現できたことは、強みになりました。20代の頃に嫌だなって思っていたことが、じつは自分の身になっていて、助けてくれたの。

――編プロに勤めていた頃は、一日も早く巣立ちたいって、そればかり考えてました。でも今、あのときボスに言われたことが、全部全部自分の中で生きている。いっぱい学んだのに、あの頃は感謝を忘れてフリーになることだけに憧れていたんです。

山本　財産だったと、あとから気づくんですよね。

今この年齢だからわかる、人生の機微。あのときうまく言えなかった想い、伝えそびれた「ありがとう」。大切だったと、いつも過ぎ去ってから気づくのである。

「私のメイク」に自信を持てたきっかけ

山本　30代はメイク雑誌が次々創刊されたり、ヘア・メイクアップアーティストが前に出るようになったり、自分で〝ブルドーザー時代〟って呼んでるんだけど（笑）、とにかく来る仕事は全部やった。でも人に自分の肩書を言えなかったんです。私がやってるナチュラルメイクって、誰でもできるじゃんって思って。ずっとコンプレックスでした。

――ナチュラルメイクは、当時からブームでしたよね。

山本　そうなんだけど、中学の頃に『花椿』を見て、ヘア・メイクアップアーティストになろうと決めたときから、私にとってのそれは、クリエイティブなことをする人のことだったので。私のメイクは違う。「これじゃダメだ」がつねにありました。

――ブルドーザーしながらも、自分を認めないという。伺っていて思うんですが、浩未さん、

自分に厳しすぎませんか。

山本 そうなの、「私なんて」ってつい思っちゃう現状不満型。一生、私はたぶん自分にOKを出さないでしょうね。40になって体力も落ちてくるし、新しい人が次々出てくるし、肩書も名乗れないし、もうやめようかと二度目に思ったのがその頃です。

――どうやって踏みとどまれたのでしょう。

山本 その頃たまたま誘われた宝塚の歌劇を見て、朝海《あさみ》ひかるさんに撃ち抜かれたんです(笑)。夢中になれるものがあったから、悩みに向かうエネルギーが減ったのもあります。

――浩未さん、宝塚の大ファンですものね。インスタ見ると、しょっちゅう全国に遠征されている。

山本 うんうん。宝塚のあらゆる書物を読み、どこへでも行き、寝ても覚めてもずっと宝塚。でね、男役、女役をずっと見てるとね、メイクの法則に気づいたんです。要はメイクって、目の錯覚だなと。美容学校でちらっと習ったんだけど、それがメイクの基本だとあらためて理解できました。

――おお、そこで宝塚とメイクが結びつくんですね。

山本　それを『メイクのからくり73』（Gakken）という本にまとめる機会をもらって。完成したときにやっと、ヘア・メイクアップアーティストと名乗ってもいいかなと思えました。

自分自身を承認できる境地にたどり着いた。ああよかったと、人ごとながら胸をなでおろした。様々な告白を意外に思いつつ、深層の部分で共感することが多かった。たとえば一見アクティブで積極的に見えること。そのじつ自己肯定感が低く自信がないこと。それらの感情と、彼女はどう付き合っているのだろう。

「ダメ思考」の癖にげんなり

――私は自分でも嫌になるくらいすぐ自慢しちゃうし（笑）、昔から積極的に見られるけど自己肯定感が低いんです。つい自分を否定するところから入ってしまう。もっと自分を肯定したいと思うんだけど……。思考の癖は、どう乗り越えましたか。

山本　乗り越えてないの。自分を認めてあげられないっていうのも、自分なんてダメだーっていう気持ちも。これも自分。うまく付き合っていくしかないって思ってます。

――そう考えられるようになったのは、いつ頃から？

山本　50歳くらいかな。

――50代くらいですよね、やっぱり。自分も人もそんなに変われないものだよなって気づいたのが、私もその頃です。

山本　10年ほど前に高校の同窓会があったのね。私はマイペースで、いつもひとりで友達がいない感じだったんだけど、周りの人は「浩未ちゃんって、毎日楽しそうにしてたよね」って言うの。私がひとりぼっちでグズグズしてたなんて、誰も思ってない(笑)。それを聞いて、自分が思うほど、人は自分のこと見てないんだなってわかった。そしたら、なんだかすごく気が楽になりました。

――そうか。自己肯定感の低さって、誰かと比べることや、人目を気にしすぎることから始まるのかもしれませんね！

山本　そう、気にしすぎていたんです。だったら、マイペースのまま、自分のままでいいんだと、それ以来思えるようになりました。きっとまた、できない自分に落ち込むこともあるだろうけど、自分は自分でしかないしね。

とにかく休んで何もしない

――浩未さんは仕事も宝塚も、あちこち飛び回っていて、フットワークが軽くて社交的だなと思っていたけれど、どうやら気持ちの上がり下がりはあるし、振り幅も大きそう。疲れきっちゃったときは？

山本　とにかく休みます。月に1、2回は、家で何もしない日を作ってます。あとは、落ち込むときは落ち込みきって、これが私だ、しょうがないと受け入れられるタイミングを待つ（笑）。自分に厳しすぎると、結果的に自分の首を絞めるとわかったから。

――言葉にできなくてもやもやすることとか、伝えきれなかったなあと思うことは？

山本　もうしょっちゅうですよ。大平さんは？

――いつもです。とくに最近はひどい。人と飲んだりしたあと、必ず後悔で眠れなくなります。

山本　それは意外！

――なんであんなこと言っちゃったんだとか、あの人は傷ついてるんじゃないかとか。やっと眠れたと思っても、きまって夜中3時頃、ぱっと目覚めてはくよくよし始める。でも、以前、川内倫子さんとお話ししたとき、「更年期の不安症ってあるらしいですよ」と言われて、ものすごく楽になりました。心じゃなく、体の不調ならしょうがないよなって。

山本　私は仕事柄、更年期のことは心得ていたので、しょうがないわと、自分のことをわりと大目に見ることができました。

――大目に見るって、難しそうだなあ。

山本　さっきの話にも通じるんだけど、顔のかたち、目の大きさ、生まれつきのものはどうしたって変えられない。でも、自分が持ってるものをどう生かせば、気分よくいられるかは工夫できます。それを提案するのが私のナチュラルメイクなんです。生まれ持った考え方の癖だって、それと同じはずですよね。

「人はいつからでもきれいになれる」

――私はフリーランスになって28年なのですが、仕事をいただくと嬉しくて、自分を養生したり、休ませることがとても難しいと痛感しています。

山本　仕事の声をかけていただくのって、いくつになっても嬉しいものですものね。私は30代で胸の病気をやっているんですが、退院するとまた頑張ってしまった。55で再発し、翌年合併症がわかって、そこでしっかり休んだのがとてもよかったんです。

じつは、3週間入院したときの話を以前聞いていて、印象深く覚えている。

「せっかくだからその期間、自分の肌でお手入れの実験をしたら、すごく成果が出たの」と、ポジティブだった。

山本　人間は、いつからだってきれいになれるんだな、肌も生きてるんだなと思うと、スキンケアのやる気も出る。毎日やってきたつもりの私でも成果が出るんだから、ふだんお手入れしてない人がやったらものすごいじゃないかと。

――たしかに。そうですね。

山本　負け惜しみでなく、入院してよかった、休んでよかったなと心から思えました。自分の今の状況に合わせた身の振り方ができるようになったから。つまり30年間、軌道修正ができなかったんですね。そういう意味では、つまずきも悪くないんだなと思います。

2年前の初対面の席で、たまたま彼女が毎日発信しているインスタライブに参加することになった。

ファンが楽しみにしている場に、見ず知らずの私が映り込むのもどうかと躊躇《ちゅうちょ》しているうちに、始まってしまった。

と、「あ、大平さんだ。『東京の台所』読んでます」という私の連載についてのコメントがいくつか並び、不意に胸がいっぱいに。ライブ後、思わず呟いた。

「いつもパソコンに向かってひたすら文字を打つ孤独な仕事だと思っていたけど、ひとりじゃないんだな。……書いてきてよかったな」

テーブルの向こうで、彼女は涙ぐんでいた。私は泣いていないのに。

屈託なく華やかな場所を走り続けてきた人だと思い込んでいた。鈴のような声で、毎日楽しく発信している人だと。

そのやわらかな感受性やフラットな視線の向こうに、言葉にできないわだかまりや違和感に苦しんだ歳月が横たわっている。

どうしたらありのままの自分を受け入れ、居心地よく生きられるかを考え続けている。

人間はいつからだってきれいになれるという言葉は、いつからだって心ゆたかに生き直せるという意味にも私には捉えられた。

みんな、生きている途中なんだなと思う。立ち止まったり、振り返ったり、悔いたり、また歩きだしたり。もがいた時間が彼女に教えてくれたことは、私の深いところにもしみた。

対談3

絵本作家

ヨシタケシンスケ

つねに自信がない不安思考と折り合っていく。自分のトリセツの作り方

ヨシタケシンスケ

1973年神奈川県生まれ。『りんごかもしれない』、『もうぬげない』(ともにブロンズ新社)、『りゆうがあります』、『なつみはなんにでもなれる』、『おしっこちょっぴりもれたろう』(ともにＰＨＰ研究所)、『あつかったら ぬげばいい』(白泉社)、『あんなに あんなに』(ポプラ社)で7度にわたりMOE絵本屋さん大賞第1位に輝く。『つまんない つまんない』(白泉社)の英語版『The Boring Book』で、2019年ニューヨーク・タイムズ最優秀絵本賞受賞。

撮影／上原未嗣

次から次へと言葉があふれる。思考を言語化するのが追いつかない、そんな印象のヨシタケシンスケさんは、藤沢のアトリエで雄弁に語りだした。

対談のテーマについて、「おもしろそうだなと思いまして。うん、本当に言葉にできないことって多いよね、でも無視するのももったいないよねっていう。その辺の想いを拾い集めるおもしろさを感じます」。


彼の絵本やエッセイは、誰もがぎりぎり言語化してこなかった気持ちの部分をすくい上げている。『欲が出ました』（新潮社）に、こんな一行があった。

〝だってホラ、本人だもの。飽きるわけにはいかんわな。〟

私はぐぐっと引き寄せられ、何度も読んだ。いつも「ぐるぐるぐる」「ぐじぐじぐじぐじ」考えている自分に嫌気がさしたところで、自分の本体から離脱するわけにはいかない。

人間である以上、そこをどうにか飼い慣らして、おもしろがっていかざるを得ないということが、書かれていた。

「ぐるぐる」と「ぐじぐじ」を2回も重ねている。

ヨシタケさんは、そんなに考え込んでしまう人なのか。

誤解を恐れず言うと、同書からなんとなく、自分を大好きな人ではないのではと感じた。だから、興味を持った。なぜなら私もそうだからだ。歳を重ねるほど、自分の欠けている部分が気になってしょうがない。

「人ってすごいなって思うんです。こんなにそれぞれはバラバラなのに、みんななんとかうまくやれている。あやふやな言葉でも、わかり合えたなと思える。その人間の器用さに感動するんです」

独特の視点と感覚に、私はやはり身を乗り出すしかないのであった。

人一倍正解を気にする心の癖

――おとなは偉いよなって、私もよく思います。

ヨシタケ　自分ももう50年生きてるけど、人の勤勉さだったりとか、言葉みたいな不確かなものをちゃんと信じられているおとなのすごさや不思議さに、いまだに慣れないです。

――みんな偉いけど自分はそうできない辛さ、というのはありますか。

ヨシタケ　はい。自分はできないことが多いので、みんな、なんでできるんだろうって。僕は昔から、これじゃダメなんじゃないか、正解とは違うところにいるんじゃないかっていう不安がずっとあるんです。

――小さい頃から？

ヨシタケ　そう、ずっと。もう心の癖としか言いようがなくて、理屈じゃないんですよね。こんなこと言っちゃダメなんじゃないか、あんなことやっちゃダメなんじゃないかと、人一倍常識を気にする子でした。やってもやってもこれは正解じゃないんじゃないかって休まらない部分がずっとあって、その苦しさは今も続いています。

一見、肩の力が抜けたスケッチ風ののんびりしたイラストと、くすりと笑えるつぶやきのようなエッセイで大変な人気を博している彼の言葉を、意外に思った。
それは自分を信じられないことの裏返しとも言える。
心の癖といえども、しかし、なぜそこまで信じてあげられないのだろうか。

ジュンちゃんを置いて逃げた

――なにかトラウマとかあったんでしょうか。

ヨシタケ 自分で思い出せる範囲のことで言うと、ジュンちゃんっていう同い年の男の子のいとこがいるんですよ。勉強もスポーツもよくできて、すごいな、かっこいいなっていつも思ってた。小学校3、4年の頃、夏休みにふたり、叔父さんからお使いを頼まれたんです。田んぼのあぜ道を進んだ先の家に、大きな犬が鎖に繋がれていた。その脇を通らないといけないんですね。

――なにか嫌な予感がします……。

ヨシタケ でしょ。「あの犬怖いね」、「鎖がついてるから大丈夫だよ」って言いながらそろそろと歩いていたら、犬が鎖を引きちぎって追いかけてきたんです。ワーッて必死で逃げて、はっと気づくとジュンちゃんがいない。振り返ると、後ろで犬に追いつかれそうになっていた。僕は何をやってもかなわなかったんですけど、逃げ足だけは速かったんです。

――ジュンちゃん、襲われてしまったんですか!?

ヨシタケ　ギリギリのところで犬が飽きて、助かりました。はるか先でジュンちゃんを待ってるときの辛さったらなかった。

――助けずに、逃げちゃったから。

ヨシタケ　ええ。僕はそのときまで、そういうことがあったら自分は犠牲になってでも人を助けるタイプだと思い込んでいたんです。

　ところが、先に逃げる奴なんだと。今思えば、小さな子が犬に追いかけられて逃げるなんて当たり前なんだけど、友達を置いてっちゃったのが、当時やっぱりすごくショックで。いくらえらそうなこと言ってても最終的に自分だけ逃げるんだ俺は、と思い知った体験が、胸の奥にすごく残ってる。

――謝ったんですか？

ヨシタケ なんか謝る余裕もなくて。30年後、ジュンちゃんの結婚式で、あのときはごめんねって言ったら全然覚えてなかった。そんなもんなんですよね。今も自分の考え方の根幹にはつねに不安があり、オドオドしてる人間なんですが、その決定打がジュンちゃんおいてけぼり事件です（笑）。

「ポッと出の心配性じゃないんで」

――自分を疑い続けると、どこかで折り合いをつけないと苦しいだけですよね。

ヨシタケ つきつめると、なんで生きてなきゃいけないんだろうという話にもなる。よく辛いときに人は、「あれがあるから頑張ろう」としがみつく、取っ掛かりがあるんですよね。僕は、好きも憎しみも、全部なくなって壁がツルツルになっちゃうんです。その瞬間がいちばん怖い。

――外から見ると、ご家族もいて、素敵なアトリエもあって、読者もたくさんいる。なんの不安もなく見えますが……。

ヨシタケ　自分でもこんなに辛いわけないと思うんですよ。でもなんかツルツルになりがちなんですよね。ひたすら、でこぼこが戻ってくるのを待つしかない。

――そういう気質と向き合い、材料にして描いたものは、確実に人のためになっているのではないでしょうか。

ヨシタケ　僕のような怖がりで、臆病な人に届いてほしいという気持ちはあります。やっぱり怖くない？って。似たような人と共有したいなと。

――作品にすることで、得た気づきなどはありますか。

ヨシタケ　二重の驚きがありました。そういう弱さみたいなものは、けっこうたくさんの人たちの根っこにあるんだな、ビクビクしてるのは僕だけじゃないんだなという発見。もうひとつは、他の人たちはそういうものをちゃんとアップデートして乗り越えておとなになっていくけど、僕はその土台の部分にずっといるんだなという驚き。

――その驚きが、作品の根幹にあり続けている。

ヨシタケ　意外とたくさんの人におもしろがってもらえているけれど、ホラ、そこでまた「そんなわけないよな、今珍しがられているだけだよな」って出てくるんですよ。

――珍しいだけじゃ1冊はできても、10冊も20冊もは続きません。

ヨシタケ　やっぱ心配性も年数が違うというか、ポッと出の心配性じゃないんですよね(笑)。いつ本がぱったり売れなくなっても、そうでしょうねっていう。覚悟ができてるって、強いんです。何が起きても、よかったなと加点方式になる。

――逆説的になにごとにも感謝できるというのは、いいですよね。ヨシタケさんは、歳を重ねるごとになんとか自分の機嫌の取り方、付き合い方、トリセツを増やしている気がします。私はなかなかそれがうまくいかない。

ヨシタケ　どうやって自分をだまくらかすか。しょうがないじゃん、自分は他の人になれるわけじゃないんだから、受け入れていくしかないいじゃんって思う。結局、僕がやってることって、ひと言で言うと「自分の受け入れ方のレパートリーを増やす」。そこに尽きるんです。

――自分に飽きるわけにいかないから。

ヨシタケ　そう。でも、ひとつのレパート

リーが3日ぐらいしか持たない（笑）。自分をだます言葉の鮮度がすごいスピードで落ちていくんです。

人に会ったあとの「下の向きっぷり」の激しさ

ヨシタケ 僕も本当、飲み会でなんであんなこと言っちゃったんだろう、自分で何もできてないくせに、また偉そうなことを上から目線でしゃべってしまった、みたいなことばっかりですよ。取材や人前でしゃべった帰り道の、下の向きっぷりがすごいですから（笑）。

――私も!! 自宅で取材を受けて「ありがとうございました」とドアを閉めた瞬間から、下向いて落ち込みっぱなしです。さっきの言い方違ったなとか。偉そうすぎだよなとか。

ヨシタケ そうそう。あとから自己採点が始まる。ダメだったところ探し。僕もそっち派です。だからエゴサーチもしません。落ち込むし、100人から褒められてもひとりから否定されたらもう、真っ暗になるんで。

――私も自著のAmazonレビューが怖くて見られないんです。もう数年、自分のとこだけ見てない。

ヨシタケ あれ、うっかり見るとえらいことになりますもんね（笑）。

――匿名の人のたった1行で、3日ぐらい食事が喉を通らないことも。

ヨシタケ　うんうん。僕ね、「ご意見お待ちしてます」って言う著者の人の気が知れないんですよね。否定されたところで直せないのにって。だからもう、おもしろがってくれたら「ありがとうございました」だし、つまんなかったら「直ちにご使用をおやめください」。巡り合わせが悪かったんでしょうねぇ、と思うしかないです。

「人生を楽しむのが下手チーム」

――私は市井の人の台所を訪ね歩く連載を10年しているのですが、心や体を壊したという方がここ数年とても多くて。つくづく、頑張らないことって難しいなあと痛感しています。

ヨシタケ　「頑張らなくていいんだよ」と言うことの暴力を、僕も感じます。それができないから困っているんだし。頑張らずにいられたらどれだけ楽か、そんなことはわかっているんだと。

――ザラッとするものがありますよね。そんなに簡単じゃないって。

ヨシタケ　どうすれば頑張らなくて済むのか。具体性がない。まさに言葉のあやふやさ。言った方は、なにかすごいいい真理を授けたみたいな気持ちなんだけど、言われた方は、よけいに悩みますよね。

――ヨシタケさんならどうしますか。

ヨシタケ　何もかもやめて自由になるなんてできないと、誰よりも自分のことをわかっているのだから「それでも頑張らざるを得ないんだよなぁ」が、本当の心の声のはずなんです。その手前の「頑張らなくていい」は心の声ではない。

――頑張っちゃダメだ、自由にならなきゃダメだ、が答えではなく。

ヨシタケ　はい。「自由にならないこと」が、いちばん自然な選択。どれだけ周りから言われても、頑張らないようにはできない。だとすれば、つまりここでもまた、だましだまし、頑張ってしまう自分を受け入れていくことが自然なんだと思います。

――ネガティブを肯定した上でのポジティブは、ヨシタケさんらしい発想ですね。

ヨシタケ　人の意見を気にせずに自分の思いどおりに生きるなんて、できる人はきっと100人に3人。その3人には絶対なれない。だから理屈はわかるし、そういうのに憧れはするけど、でもできないんですよね、と言いながらやっていくのが、落としどころじゃないでしょうか。

――著書でも、これまでのお話でも、そのトーンはブレずに通底していますね。だましだましやってくしかないじゃん、っていう。

ヨシタケ　リアリティのあるところから広げていかないとね。理想が遠すぎると、たどり着く気配のない自分がどんどん嫌になりますから。自分を見ていても思います。僕みたいな人間にとっては、いい感じに自分をだまし続けられたというのが、たぶん、幸せって言われてるものに近い。

こういうことを考えなくても楽しくやっていけてる人はいるけど、それはもう心と体の構造が違うから。

――そこを目指すのはやめようと腹を決めてらっしゃる。

ヨシタケ　はい。僕みたいなのは「人生を楽しむのが下手チーム」なんだと思います（笑）。

寂しがることに素直になる

――お子さんは16歳と12歳ですが、育児の場面で言葉にできない想いや切なさのようなものはありますか。

ヨシタケ　『あんなに　あんなに』（ポプラ社）という本は、切なさで作って、僕の中ですごく気に入っているんです。子どもがそのうち巣立っていくんだっていうのが見えたときにしかできない本ですね。これを書いて、少し切なさは整理できました。

――私は最近、23の娘がアパートを借りると言いだして。いいんじゃない？と淡々としながら、日に日に寂しさが募りまして。たまたま周囲から、実家のほうが今の君にはいいと諭され、急に撤回したんです。アパートの契約も自分でしていたのですが、「やめました。お騒がせしました」と夫と私に頭を下げて。そのとたん、自分でも驚いたのですが、号泣していました。子どもが23

にもなって、自分はいつ母を卒業できるんだろうかと情けなかったですね。先週のことです。

ヨシタケ そういうところで泣けるというのは逆に、うらやましいな。そこまで心を動かしてくれる人といられるのは、家族という単位の褒美じゃないですか。卒業しなきゃなって思いつつ、できない状態が、それこそ、すごく自分の心に素直な状態だと思いますよ。寂しがれるっていうのはすごい取っ掛かりじゃないでしょうか。

――取っ掛かり。

ヨシタケ　寂しがらないと、何に対してもおもしろがれない。悲しんだり、怒ったりというのは、ニュースみたいな自分と直接関係ないことでもできるけど、寂しいって、思おうとしてできることじゃないっていうのかな。

――わ、すごい発見だ。それっていつ気づきましたか。

ヨシタケ　今話しながら（笑）。そっか、うん。寂しいのって別に悲しくはない。寂しさはなにか別のことでも紛らわせられるし、置き換えられる。なにかで埋めようと、楽しめることはすごく贅沢かもしれない。寂しがりもできない辛さに比べたら。

年齢とともにできることが減って、僕は救われた

――おとなになればなるほど、どんどん人間が丸くなってくのかと思ったら、さっきも言いましたけど、全然そうじゃないんだという事実に私はまごまごしています。

ヨシタケ　できることが増えるんじゃなくて、できることとできないことがわかってきますから。それがおとなになることなんでしょうね。

――子どもの頃は、可能性がわからないから希望があるけれど、おとなになると、希望に見極

めをつけられるようになる。そこに覚悟できると。

ヨシタケ　ですね。歳を取って自分のできることが減っていったときに、僕は救われました。これはもういいや、これも間に合わないから頑張ってもしょうがないと見極めて、すごい楽になれたんです。だから、今は自分に対しても、「落ち込むことはよくない」、「落ち込むな」じゃなくて、この癖はなくならないと知った上で「落ち着いて落ち込もう」と思ってます。

最後までよどみがない言葉は、考えて立ち止まってはまた考えて、生きてきた証だ。まだ苦しいから、考える。まるで思考の海を渡る魚のよう。

考えながらエラから吐き出したキラキラした海水は、5年後も10年後もきっと誰かの心を耕すだろう。

そう確信できるのは、私がひどく楽になれたから。あらがわず、肩の力を抜いて歳を取ってやろうと腹がすわり始めたような気がするからである。

対談4 ― 写真家 川内倫子

孤独や言葉にできないというのは、心当たりのある感情

川内倫子（かわうちりんこ）

1972年、滋賀県生まれ。2002年に『うたたね』、『花火』で第27回木村伊兵衛写真賞を受賞。国内外で数多くの展覧会を行う。主な著作に『Illuminance』（2011年）、『あめつち』（2013年）、『Halo』（2017年）など。2022～2023年に東京オペラシティ アートギャラリーと滋賀県立美術館にて、個展「川内倫子：M/E　球体の上 無限の連なり」を開催。http://rinkokawauchi.com/

撮影／佐々木孝憲

「たとえば切ないとか、寂しいとか、孤独とか。否定するような悪い感情なんだろうか。それも含めて人生で、むしろ尊い、慈しみたい感情ではないか。そんなところを企画の出発点にしています」

どの窓からも緑の木々しか見えない。森にいるような開放感あふれる写真家・川内倫子さんの千葉の自邸で、私は対談の意図を話しだした。

静かな眼差しで「ええ、はいはい」とうなずく川内さん。

対談の依頼に、すぐ快諾いただいたと聞いた。だから今回も、最初に尋ねた。

——どうしてお引き受けくださったのでしょう?

「孤独や、言葉に表しがたいというのは、心当たりのある感情。つねに自分の核にある本質的なテーマだなと思ったからです。写真の話じゃないようでじつは写真の話とも重なりそうです」

「あの頃の小さな女の子」が今も胸の中に

2022年の年末。川内さんの写真展を訪れると、出口近くにこれまでの写真集すべてを自由に閲覧できる小さなテーブルと椅子があった。私は座り込み、初期の作品から順番に40分ほど夢中で見入った。本当はもっと読んでいたかったが、他の鑑賞者のため渋々退席した。広い東京オペラシティにのびのびと展示された作品を見て、感じた。彼女の写真は、一点一点が単独で美しいだけではない。

なんだか、右の写真と左の写真のつながりを考えたくなる。写真の中の余白はもちろん、作品が並ぶ余白にも、なにかメッセージや意味があるのではと、探りたくなる。

ひとまとまりごとに、言葉にできないものを感じ、ぐっと引き込まれる。

さらに写真から別の特別な感情を抱いたが、それは後述するとしよう。

とにかく、もっと知りたいと、写真展であんなに過去の写真集を眺めたのは初めてだ。

――あの個展の鑑賞が、言葉にならない感情についてお話をしたいと思ったきっかけになります。川内さんにとって、写真で表現するという仕事は、どういう意味を持つのかなというのもお聞きしたくて。

川内　ご覧いただき、ありがとうございます。私はこの仕事をすることで、小さいときに満たされなかったもの、自分の抱えているものについて、補完しているようなところがあります。

――エッセイに少し書かれていた、お父様の事業がうまくいかなくなって、滋賀から大阪に越されたという。そのことに関係しているのでしょうか。

川内　それもあります。4歳のとき、車で親戚の家に遊びに行くと思ってついていったら、いつまで経っても帰らない。「帰らないの？」と聞いたら、「今日からここがおうちだよ」と。前の家にもう戻れないんだという衝撃。家族のムードがなんとも言えず落ちているのが、子ども心にもわかって。その空気と重なり、あの4歳の衝撃は、今も忘れられません。

――前のおうちはお気に入りだったんですか。

川内　当時お気に入りだったという自覚はありませんが、やっぱり生まれ育った家は、愛着がありますよね。時間って巻き戻せないし、過去には行けないんだ、という切なさを4歳で体験したことは、その後の自分に大きな影響を与えています。

――小学校を含め、子ども時代はとても孤独だったとも書かれていましたね。

川内　なにか、ずっとしんどかったですね。子どもって残酷ですから。同級生の言葉がいまだに胸に刺さっていたりする……。小学校の先生が、親に私のことを「感受性が強い子だ」と言ったそうなんです。後年、私の仕事を見た母が、「あの言葉は、こういうことだったんだね」と。母の胸にも長く、残っていたんでしょう。

――山田詠美さんの自伝的小説に、父が会社勤めで子どもの頃引っ越しが多く、同じ社宅の子にいじめられたことがあったと。〝奔放な作風〟と言われることがあるが、今も自分の心の中にはあのときの、普通のサラリーマン家庭に育ち、友達の言葉に傷ついた小さな女の子がいると書かれていて。それを思い出しました。

川内　そう、私も、あの頃の小さな女の子が心の中にいます。その子が少しでも笑顔になるように、今、自分の仕事を頑張っているのかもしれません。その子が欲しかったものが今、ひとつずつ心の内側から出てくるような。

――インナーチャイルドと言うとあれですが。そんな小さな女の子のことを、はっきり自覚したのはいつですか。

川内　10年くらい前かな。あるインタビュ

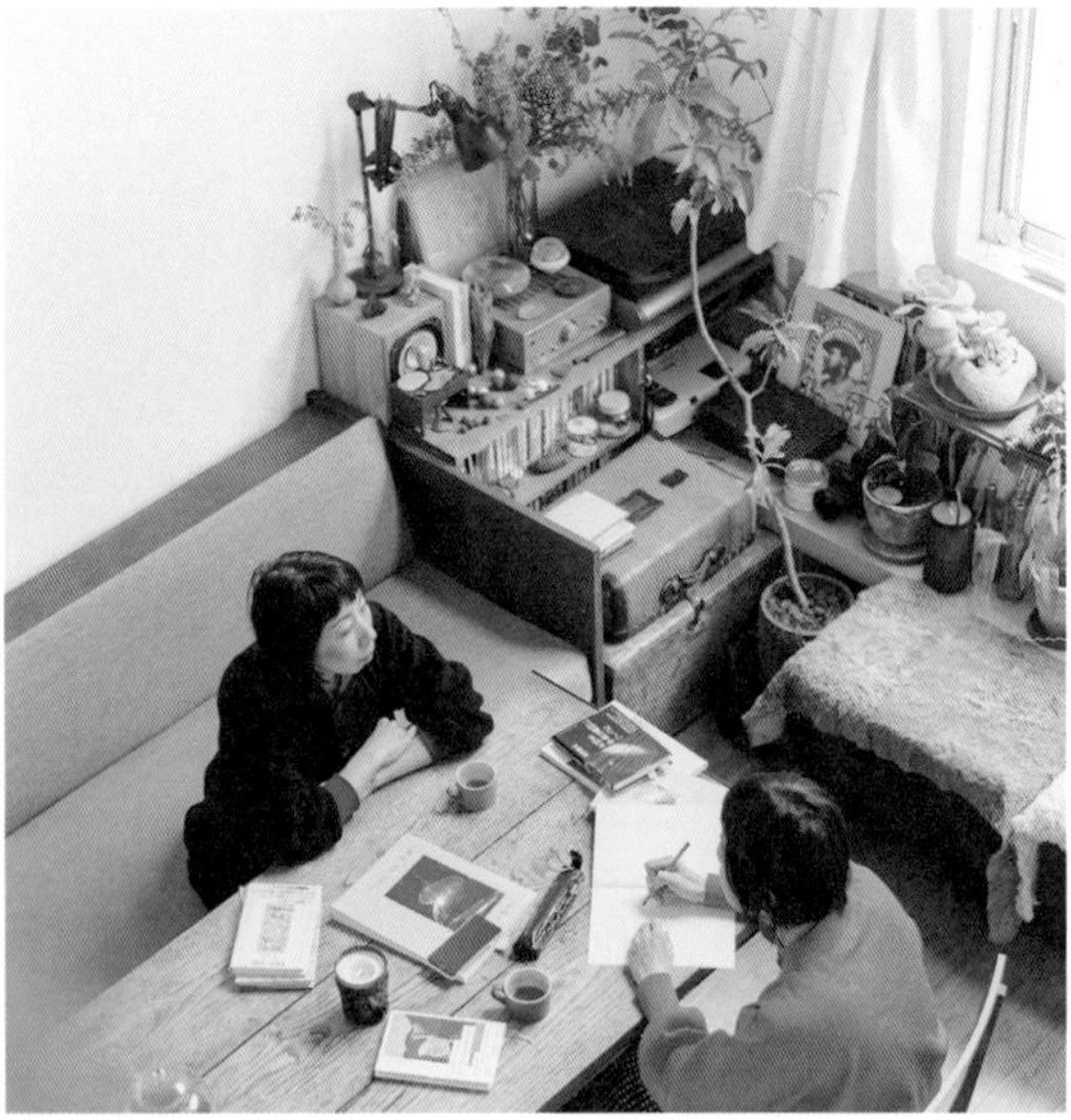

ーを受けて、自分の幼少期のことを話しているうちに涙が止まらなくなって。自分でも引くほど号泣してしまったんです。そのとき気づきました。しんどかった小さな頃の自分がやっぱりいる。今もどっかり自分の中に居座っているんだって。言葉にしていないだけでうすうす感じていたけれど、そのときにはっきりと意識しました。

生まれつき見えない私の左目のこと

最初は、撮ったものをとにかく吐き出したい、発表するしかないという境地から始まった。しかし、創作を続けていくうちに——とくに〝号泣〟からのこの10年で——気づきは確信になった。

写真集に仕上げたり、作品展を開くことは、川内さんにとって、あのときの小さな自分を癒やす役目も果たしている。

川内　作品を創ることで、自分が癒やされる。それを最終的に、他の人ともシェアできる環境を作れたことが、私にはとてもありがたかった。作品を創って発表するという行為は、自分のメンタルを維持するのに、最高に有効な手段でした。

彼女の創作は独特だ。

撮るときはあまり考えすぎないようにしているという。体の反応をなにより優先する。その時々で反応した、撮りたいものを撮る。

のちにまとめる段階で、「なぜ私は反応したんだろう」と考える。

写真と対話を積み重ね、一冊の写真集や写真展に仕上げる。撮影以上に、この対話の時間が重要だ。まとめ終えたところで、ああそういうことだったんだとあとからテーマが見えてくることもあるという。

それを読者や鑑賞者と分かち合うというしくみができていることがまた大きい。

写真表現は、彼女が生きていくうえで呼吸のように不可欠。

なおかつ経済的に成り立っているということが、じつはとても重要なのだと思った。

聞きながら、だから私はあのとき心をつかまれたのだと腑に落ちた。

前述の2022年暮れ。『M/E 球体の上　無限の連なり』(東京オペラシティ アートギャラリー)。

ここ10年の活動に焦点を当てた個展で思った。

――この写真の世界は、私の左目の光に似ている。

私は、生まれつき左目の視力がない。幼い頃3回手術を受けたが矯正できず、今も明度と彩度はわかるが輪郭は曖昧だ。しかし、ぼんやりとしているが、いつもきらきら光がきれいに澄んで映る。

川内さんのおぼろげで透明な光にあふれた写真を見て、同じだ！と膝を打った。見えないのに見える。今までこの見え方をうまく説明できなかった。そもそも左目のことはあまり人に言っていない。

「川内さんの写真みたいに見えるんだよ」。そう言ったらいいんだと、嬉しくなった。

コンプレックスだったものが、晴れやかなものにぐるりと変換された。

同時に、彼女はどうしてこんなに切なくて、どこか詩的で、きらきら透明に撮れるのか、その答えのかけらがわかったのだ。彼女もまたこの作品に癒やされているからだ、と。

巣立つ日が今から切ない

「そうでしたか。なんだか嬉しいですね。似て見えるというのはこれかな」

と興味深そうに、彼女は写真展の図録をぱらぱらめくって探した。

――見える方の右目も酷使して悪くなる一方なので、私は死ぬまでにというより右目が見えるうちにあと何冊書けるだろうと、今からものすごく焦っています。川内さんはそんな焦りはありますか？

川内　あります、あります。是枝さん（是枝裕和監督）と何度かお仕事でご一緒しまして。是枝さんが50歳のとき、「あと何本撮れるんだろう」とおっしゃっていたのが印象的でした。私もそういうふうに思うんだろうか、とそのときは思っていたけど、いざ40代が過ぎたら、自分もあと何回展示ができるんだろうか、残りの人生で何ができるだろうかと焦る気持ちがあります。

――焦りで言うと、私は育児の場面でもあって。自分が18歳で親元を離れたので、子どもが10歳になったくらいから「一緒にいられるのはあと8年、あと7年」と、心の中でカウントダウンが始まり、10歳までとは切なさのつのるスピードが全然違いました。

川内　それ、お聞きしたかったんです。私は夫と出会ったのが41歳で、高齢出産の娘がまだ6歳で。子どもが巣立つ日のことを考えると、今からすでに寂しいです。もう怯えながら暮らしています（笑）。

――うちは長男が大学卒業後まもなく、結婚してしまいました。その喪失感が3年経った今もまだ続いています。

川内　3年も。娘さんは？

――23歳で家にいます。もう結婚なんてしなくていいから、ずっと家に寄生しててくれって思っちゃいます。

川内　子どもを持つことを望んでいたので、日々の些細なことでも、感謝すればするほどなんかもう、本当に一緒にいられる時間は短い、一瞬なんだなあと。生まれて3年も経てば、よちよち歩いていた姿はもう見られないし、2歳のときのおしゃべりは2歳のときだけ。一瞬一瞬を目に焼きつけておきたいなと強く思いますね。

「ひとり」から「家族」へ初めて味わう人生の実感

子育てと同時期に、川内さんは住み慣れた東京から、自然のそばで暮らしたいと千葉に移り住んだ。だが移住より、子どもがいる生活という人生の変化のほうがずっと大きかったと振り返る。

川内　ひとりの自由さ、孤独のゆたかさってありますよね。かたや子育てでしか得られないこともある。娘がいなければ、早起きもしないだろうし、仕事が好きだから働くだけ働いて、夜も飲みすぎて、早死にするタイプだったと思います（笑）。

――飲みすぎるのは、私が今そうです。子育てが一段落したら、とたんに自由になりすぎて、生活リズムがぐだぐだになりました（笑）。

川が流れ、昼は木々の緑と光にあふれ、夜は月明かりが美しいこの地で、ひとり暮らしの頃は想像もつかなかったママ友、パパ友らと家族ぐるみの付き合いも生まれた。今は、会話のキャッチボールや6歳にしかできない質問のあれやこれやを、心のアルバムに大事に保存している。

川内さんは、しみじみとつぶやく。

「小さいときは生きることが苦痛でしかなかったけれど、人生に楽しい時間ってこんなにあるんだなと実感しています」

小4で書いた詩「もしも自分が死んだなら」

川内さんの写真集は、パラパラと繰《く》れない。じーっと一枚一枚手を止めて、見入りたくなる。

余韻。文章で言えば、行間のようなものを感じるからだ。

川内 私、小学校4年のとき、詩のチャンピオンだったんです。当時の担任の福田由美先生が、生徒のいいところを見つけてはチャンピオンを決める人で。誰々くんは給食のチャンピオンね、とか、逆上がりのチャンピオンね、とか。

――どんな詩を書いていたんですか。

川内 初めて書いた詩のタイトルが『もしも自分が死んだなら』。福田先生が決めたテーマでクラス全員が同じタイトルで書きました。みんなの前で読んでね。詩の冒頭は「もしも私が死んだなら、みんな泣かないでください」。そこまで読むとみんな笑ったの。確か最後は「みんなが泣いたら、虹が消えてしまうから。虹が消えたら、私は向こう側に、行けなくなってしまうから」。

――小4でその言葉は……。最後ぐっときますね。

川内 あの頃から、詩が自分の中にあって。写真でも最初から、自分が創るものは詩のようなものでなければと考えてきました。『うたたね』(リトル・モア)という1冊目の写真集でも、行間を大事にしたくて。見開きの2枚の写真の間になにかあると。130ページほどありますが、写真を組み合わせることによって、写真と写真の間にも詩的な解釈を持たせたい。そこに重きを置いて創り続けています。

それはいわば、言葉にならない言葉。

写真集の余白にも、言葉にならない感情が宿っていたのだ。

写真展で、私は誰にも説明のつかなかった自分の左目の世界に出会い、それまでコンプレックスでしかなかったものが、ささやかに優しく救われた。

川内さんの中の小さな子どもも、きっと日々癒やされ、救われ続けているんだろう。

過去は取り戻せないけれど、かつて傷ついた自分を、今生きながら励ましていくことなら誰にもできる。対話は、新鮮な発見に満ちていた。

ROLLEIFLEX

対談 5 —— 歌人芸人 岡本雄矢

自称「生き方ベタ」な自分を俯瞰する

岡本雄矢（おかもとゆうや）

1984年北海道生まれ。札幌よしもと所属。「スキンヘッドカメラ」としてコンビで活動中。詠み始めるとなんでも“不幸短歌”になってしまうという特徴を持つ。歌人・山田航さんの指導で、5年前より本格的に詠み始める。著書に『全員がサラダバーに行ってる時に全部のカバン見てる役割』、最新刊に『センチメンタルに効くクスリ トホホは短歌で成仏させるの』（ともに幻冬舎）。
X @yuyaokamoto1984　Instagram @yuya_okamoto0331

撮影／キッチンミノル

夏のはじめ、ふらりと入った本屋で『全員がサラダバーに行ってる時に全部のカバン見てる役割』というタイトルにぐぐーっと惹きつけられた。私は書店の滞在時間がひどく長く、欲しい本をためつすがめつ、同じ棚を何度も行き来するタイプなのだが、そのときは吸い寄せられるように手に取り、2、3首読んで、すぐ買ってしまった。

〝写ルンですあるんですけど撮るものがないんです撮る人いないんです〟
〝道を行く人の夕食予想することで世界と繋がっている〟
〝左手に見えますホストに座られているのが僕のスクーターです〟
〝スパゲッティがパスタになってバイキングがビュッフェになっても僕ずっと僕〟

そう、中高校生の頃、他人に腰掛けられていた自転車を「それ私のです」って、なかなか言い出せなかった。相手がキラキラまぶしい人たちだったらなおのこと。グループが去るのを、物陰でそっと待ったりして。なんだったら今も、スーパー銭湯の自分のロッカー前に元気な親子などが陣取っていると、言い出せなかったりする。

スパゲッティの呼び方が変わり、世の中がどんなに変わっても、不器用な自分はそのままだ。

変わらないことも大事だぞと言い聞かせるのだけれど、胸を張って言えるほどにもなれず。
歌人芸人・岡本雄矢さんの短歌エッセイには、これはあのときの自分だと思わせてしまう不思議な魅力がある。
そして、勝手に確信してしまったのだ。彼ならきっと、自分の切なさとの付き合い方を知っているに違いない。

お笑いの正解がわからず、今も迷い続けている

——ご著書のタイトル、最高ですね。この本は、日々の中にもやもやした、ああ言えばよかった、こうすればよかった、また今日もサラダバーで荷物の番をしちゃったよというような切なさが、おかしみとともに三十一文字で言語化されていて、はっとしました。

岡本　ありがとうございます。

——SNSはなんでも「いいね」の連続ですが、人生はいいねじゃないところにこぼれ落ちていることがいっぱいある。「いいね」じゃなくちゃ、明るくなくちゃ、繋がってなくちゃ。孤独はいけないもので、情けなくて落ち込むのはよくないこと、というのはどうも息苦しいなあと。

岡本　うん、うん。

——でも岡本さんの本は、言いたいことを言

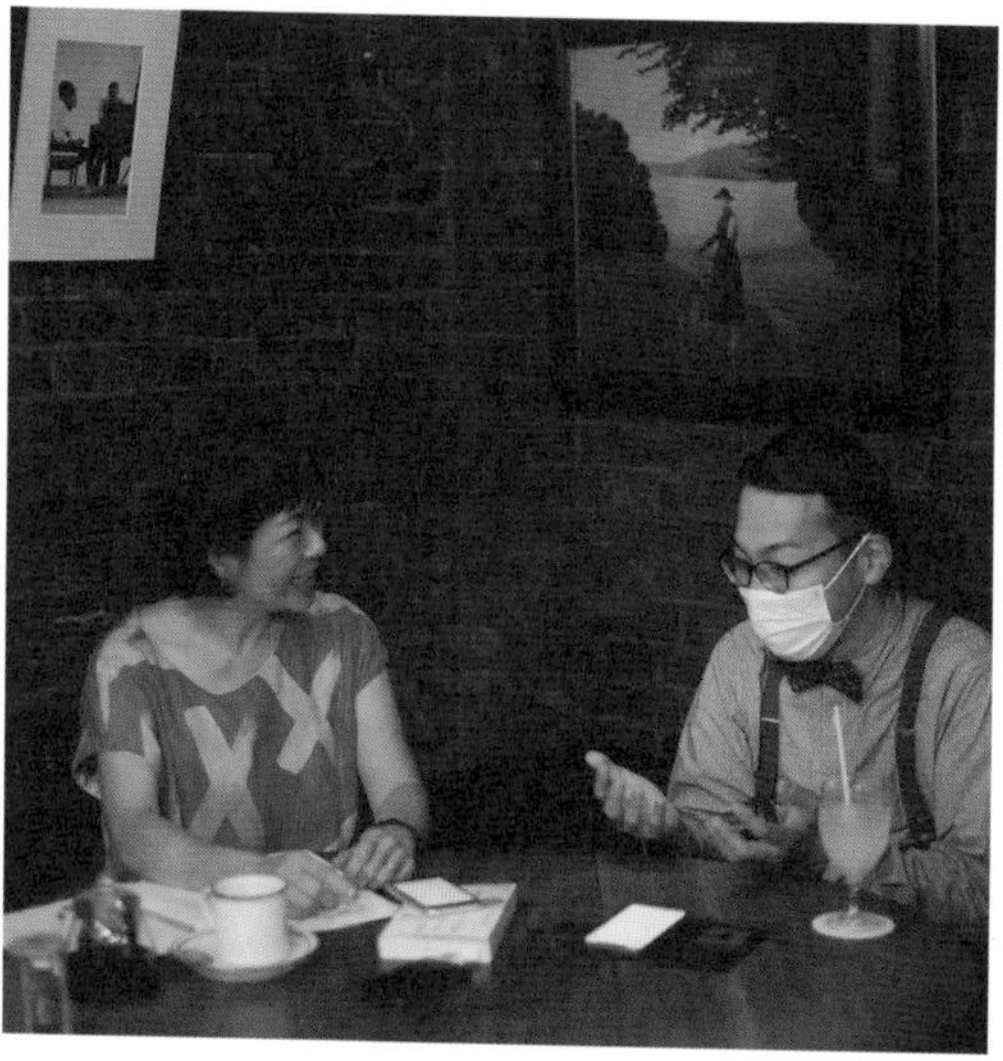

えなかった自分や、ひとりぼっち、繋がらないこと、繋がれないことを肯定している。それが自虐的じゃなく独特のおかしみがあるところに、なんだかとてもホッとしたのです。

岡本　短歌を作り始めた頃、『ダ・ヴィンチ』への3回目の応募で、穂村弘さんに選んでいただいたことがあって。

――すごい。背中を押された感じでしょうか。

岡本　そうですね。正直短歌のことはわかんないから、そのときに選ばれた短歌も何がいいって自分でも説明できないんですけど……。でも、自分の発想は別におかしなことじゃないんだなって思えた。自分がそこに当てようとしたものは変なのか、それともそんなに変じゃないのか。これはエッセイでも、漫才のネタでも、繰り返しいつも考え続けていることです。

――私も原稿を書くとき、これでいいのか、と考えすぎてわからなくなることが始終あります。

岡本　ああ～。お笑いはそうですね。それはもう本当にわからない。

――その怖さはありますか。

岡本　ずっと迷っています。怖いっていうか、何が正しくて誰を信じていいのか。同じネタをやっても、ある人からはいいと言われたところが、他の人からは悪いって言われる。真逆のことを言われたりするので。

――今でも迷い中？

岡本　いやもう、どんどん深くなっているくらいです。エッセイは編集者さんがいるし、短歌は先生がいる。良し悪しの支柱があるんですけど。お笑いはどこが正解なのかいちばんわかんないです。

芸歴20年。賞レースやテレビだけがものさしではない。日々舞台で戦う人の、身を切るような厳しさが垣間見える。

それから岡本さんは意外なことに、短歌もお笑いのネタを考える延長線上にあると、ネタ帳がわりのスマホのメモを開いて見せた。

岡本　芸人は皆そうだと思いますが、けっこうつねに、街を歩いていてもネタを探しているところがあります。無意識のうちにおもしろいことを探す体になっている。そのアウトプットが漫才のネタか短歌かというだけで。

――へえ。同じところから生まれているんですね。

岡本　短歌にはオチがいらないというところだけ違います。悲しいとか嬉しいとか自分の気持ちをあまり書かず、状況だけを詠んであとは読み手の想像力に委ねるものがよいとされているので。

――たしかに、サラダバーの短歌、状況だけですもんね。

岡本　そうなんですよ。これ本当に。別に僕の気持ちはどこにも入ってない。

――こういうシーンは実際に体験されたんですよね、きっと。

岡本　なんか、ありますね、やっぱり。

――また待ってるよ俺、とか、もうちょっと待っていればみんな帰ってくるかな、っていうときに思いつくんでしょうか。

岡本　えーと、最初は、みんなパーッて行くから「あれ、財布大丈夫なのかな?」っていう入りなんです。でもワイワイ言ってるし呼び止めるのもなあ、じゃあ待ってようかと。このとき、「でもなんでいつも俺が待ってるんだろう」っていう発想だけがあって。それをスマホにメモして、あとからネタか短歌か考えます。

私もエッセイや原稿のネタを日々スマホにメモしているので、ここから互いに見せ合いになった。彼は、前日発った新千歳空港のコンビニがちょうどドリンクの入れ替えで、『ローソンの飲みものの棚スカスカで仕方なくアールグレイ(無糖)』のメモが。

私は、数日前にバーで隣り合った新社会人の言葉から、『毎日　背泳ぎ』。仕事

が忙しすぎてやってもやっても終わらず、ゴールも見えない。毎日前方が見えないまま全力で背泳ぎをしているみたいなんです、とポツリと漏らした横顔が気になって。

岡本さんとは職業も世代も何もかも違うが、小さななんとも言えない切なさが、日々ぶんぶんせわしなく回転し続ける心に、ちょっと引っかかって一瞬動きを緩めるような、そんな癖は共通しているのかもしれない。

ちなみに、スマホにメモをし始めた動機も似ていた。

岡本　最初はメモしていなくて、〝こんだけおもしろい発想を思いついたんだから絶対覚えていられる〟って思うんですけど、家帰ったら全然忘れてるんですよね。これはダメだと。そのときの衝撃が強いから、絶対覚えてるじゃんって思うのに覚えてないんですよ！

自分の体験だけは、自分の言葉で書ける

岡本　大平さんは、短歌は作らないんですか。

――はい、俳句ならあるんですけど。句会で褒め合うのが大変で、もうやめました。

岡本　でもなんか、作れそうな感じがします。

――ほんとですか？　師匠！

岡本　師匠じゃないですよ！　でも僕が作るときに思ってるのは、たとえば恋が素晴らしいとか、夢は見るものだとか、もうそこの山にはみんなが登ってるじゃないですか。でも自分に起こった体験って自分にしかない。その山に登ってるのは自分だけ。だから、いい悪い別にして一位を取れるんです。「実家の麦茶がまずそう」なんて言われたの、絶対僕しかいませんから(笑)。

〝初合コンで言われた第一印象は「実家の麦茶まずそう」でした〟

――この短歌ができたのは、自分の山だからなんですね。

岡本　はい。別に一位は取らなくていいんですけど、僕はそんなふうに意識して作るようにしています。

――なるほど。

岡本　〝自分みたいな人がいるんだなと励みになりました〟とか、〝無理して変わらなくても、このままでもいいじゃないかと思えました〟みたいな感想が、いちばん多くて嬉しかったです。共同体じゃないですけど、自分みたいな人種がいるからいいんだなって思える人がいる。そんな横の繋がりがあるだけでも、素敵だよなって。

変わらなくていいんだよと言いたくて短歌を詠んだわけではない。「私と同じ人がいるとわかって嬉しいです」という感想から彼もまた、変わらなくていいのだと気づかされたのではなかろうか。本書を読んだからといって、サラダバーにいの一番に行ける人にはなれないだろう。しかし、読む前と読んだあとで、同じ荷物番でも、ちょっと気持ちが変わっているに違いない。やはり、話を聞けてよかったなとしみじみ思った。

多様な感情が混ざるから言葉にできないのかも

――20年お笑いの世界にいて、このようなテーマで話すのは初めてだそうですが、今回引き受けてくださったのはなぜですか。

岡本　近い人なんだろうなっていう。すごいあれですけど、はい。僕も言葉にならないとかそういうところもありますし。

――サラダバーの短歌を作ったときに、言葉にならない感情をつねに探しながら生きてらっしゃるという意味のことをおっしゃったので、ああ言葉へのアプローチは似ているなと。

岡本　僕は〝100%の怒り〟とかってあるのかなって思うんです。日常って、もっといろんな感情が混ざってる。悲しみの中に少しのおかしみもあるし、怒りの中に寂しさやトホホもある。

そんな自分を客観的に見て滑稽とも思う。いろんな感情が全部重なって、それが言葉にならなくなってるってことなのかもしれないですね。

――気持ちにはグラデーションがある。だから短歌もそれぞれどんな解釈をしてもらってもいい。

岡本 そう、読みとき方に答えはないので。僕は単純に短歌作るのが好きで、言葉が好きなんですよね。五七五七七という最低限のルールの中で作るのが。それを見てくれる人がいて。全部否定されるわけじゃなくて半分くらい肯定してもらえる。だから続けられた。さっき、SNSの「いいね」の話が出ましたが、いいねカルチャーがあるからこそ、僕の不幸感も共有してもらえているんじゃないかなって思います。

別れ際に、私が最も好きな短歌を伝えたら「それ、いいって言う人わりと少ないです」と笑った。

〝どの暮らしにも関与していないのにWi-Fiだけは僕を見つける〟

「でもいいんです。好きなように詠んで、好きなように読んでもらえれば。100人いたら100通りの受け取り方があるのが短歌のいいところですから」

人によって好きなものや受け取り方が違うのは、言葉の短さの効果も大きい。情報も気遣いも、なにもかもが過剰な時代だからこそ、制限された文字の中で自在に遊ぶ楽しさが尊く見える。

感情の砂をすくい取ってみる

言われてみれば、ただただやるせなくてもやもやしているとか、腹立たしい気持ちでいっぱいということはあまりない。もやもやの中に私だけのトホホの山一位があったり、怒りの端っこに寂しさや甘えたい気持ちもあったりもする。いったん立ち止まって、感情の砂をすくい上げると、思い込んでいたものと違う粒が見えてくることもある。

岡本さんが、自称「生き方ベタ」な自分を俯瞰しておもしろがれるのは、芸人さんならではの感覚と技術の賜物だとわかったが、彼ともやもやの距離感には気づきをもらった。

思うように振る舞えなかったことを不意に思い出して、やるせなくなる夜はこれからもあるだろう。

でも、あったことをなかったことにはできないし、自分を変えることもなかなか難しい。

彼の読者がそうであるように、自分と同じように不器用な人がいると知れたのも、じつは今回の小さくない収穫である。それだけで心が少し補強される。安らげる。

対談 6 — 劇作家・演出家 三浦直之

悩みはなくならない。だから弱音を呑気に言える人間でありたい

三浦直之（みうらなおゆき）

宮城県出身。ロロ主宰。劇作家。演出家。2009 年、劇団ロロを立ち上げ、全作品の脚本・演出を担当。自身の摂取してきた様々なカルチャーへの純粋な思いをパッチワークのように紡ぎ合わせ、様々な「出会い」の瞬間を物語化。脚本提供、歌詞提供、ワークショップ講師など幅広く活動中。2019 年脚本を担当した NHK よるドラ『腐女子、うっかりゲイに告《コク》る。』で第 16 回コンフィデンスアワード・ドラマ賞脚本賞を受賞。http://loloweb.jp/

撮影／丸尾和穂

数カ月後にパンデミックが起こることなど予想だにしなかった2019年10月、三浦直之さんと、ウェブサイト「北欧、暮らしの道具店」で対談した。

そのとき彼が発した「名指せない感情」という言葉が、肯定の響きをまといながら、ずっと私の心の奥にはりついていた。

喜怒哀楽からこぼれ落ちた感情の価値について、もっと考えたい。

本書の典拠の連載『日々は言葉にできないことばかり』は、あのひと言が企画の種になっている。

そう話すと、三浦さんは「わ、そうだったんですね。嬉しいです」と控えめな笑みを見せた。


「4年経ちますが、ご自分や表現することへの想いなど、何か変化はありますか」

「すごい……本当に、たくさん変わった気がしますね」

あいかわらず、膨大な読書量。持参していただいた最近読んでいる本を、どれひとつ知らなくて恥ずかしくなった。

ゆたかな語彙からなめらかに生まれる言葉の数々に、私はついさっきの「たくさん」を、聞き流してしまった。対談を終えたとき、ああ本当にたくさんのことが変わったんだ、彼も私もと、いろんな意味で胸がいっぱいになった。

悩みに深刻になりすぎないために

――以前お目にかかったときからの変化について、聞かせてください。

三浦 ひとつは自分の年齢と、自分の書く言葉が、ちょっと折り合いがつかなくなってきたというのがあります。まだ、試行錯誤を繰り返しています。

――今、おいくつに?

三浦 36です。30代になってからそう感じることが増えて。なんだか悩んだまま30代が終わりそうな感じもするんですけど(笑)。今、けっこうなかなか、あんまり書けなくなってて。

――書けないときって、先輩たちはどうやって乗り越えたんだろうって、調べたりしますよね。

三浦 そう、スランプになった作家のインタビューを探して読んだり。角田光代さんが、正確な表現は忘れましたが、「30代半ばで自分の年齢と自分の文章が合わなくなってきた」というお話をされてて。それを洋服に喩《たと》えていたんです。20代から同じ服をずっと着続けていると、あるときふと「あれ、似合わなくなった?」と感じるみたいなことがある。それが自分の文章にも起きた、と。

――角田さん、服の喩えが秀逸! 本当に、あるあるですね。

三浦 すごく刺さりましたね。僕もそういう時期なんだろうなと。ひょっとすると、このまま「あれも似合わない、これも似合わない」と迷いながら30代は終わっていくのかもという気さえします（笑）。

——悩みがなくならないかもしれない、と。

三浦　それで周りに迷惑かけてしまうのは申し訳ないけど、僕は「なんか書けないんだよね」みたいなことを、呑気に言える人間でありたいと思っています。そのことに深刻にならないように。だから、こういう場でも、「今書けなくて」って言うようにしてるんです。

弱音のハードルは低く

――深刻に考えないのはどうしてですか？　出口が見えなくなるとわかるから？

三浦　それもあるけど、なんだろうな、書く行為を神聖なことにしたくないっていうのかな。もう少しざっくばらんに、ラフに捉えたい。

――私も時々、１行目は書けても２行目が全然書けないことがあって。いろいろ考えだして、迷路に入って、たとえば連載を10年続けられたけど、11年目は無理な気さえしてくる。劇作家のスランプと私とでは、抱えている責任が全然違うんでしょうが、呑気でいたいっていうの、ちょっとだけわかります。今２行目が書けないから原稿から離れて、お茶でも飲むかとか。その後、どうにか書けるんだけれど、このちょっとした恐怖感と私は一生隣り合わせで生きていくのかなというのは、また別の恐怖としてあります。

三浦　もうひとつ、これは僕の個人的主観なんですけど、とくに男性は歳を重ねていくと、弱音を吐きにくくなるなあと。それで孤独をつのらせている人もいるんじゃないでしょうか。僕自身も、やっぱりどんどん周りに弱音吐きづらくなってるし、演出家はどうしても引っ張ってく立場だから、とくに言いづらい。

――だからって弱音を自分の中に溜め込むんじゃなくて、もっと呑気でいたいと。

三浦　はい。呑気に弱音を吐いて、聞く人も別にそんなに深刻に受けとめなくてよくて、お互いにうまく聞き流したりして。弱音を吐くことのハードルを下げておきたいって思います。

――弱音のハードルを下げるって、誰も言ってくれなかった発想ですね。たしかに、人それぞれのいろんな理由や事情で、弱さを出しづらい社会かもしれない。

三浦　たぶん、弱音を吐かないという美学のようなものは、昔はもっと根強かったと思います。だからこそ、積極的に弱音を吐いて、そういうものを脱いでいくことをしていきたいです。

コロナ禍を通して価値観の変換が

――劇団との向き合い方は変わりましたか。あの頃、チケットが即ソールドアウトという時代でしたが、コロナ禍に突入しました。

三浦　今よりあのときは、もう少し明るいビジョンを持っていた感じはしますね。『四角い2つのさみしい窓』という、ひとつ自分の中で大きな目標にしてた作品をやって。それから、長く続く『いつだって可笑しいほど誰もが誰か愛し愛されて第三高等学校』シリーズを終わりにして。次に新しいなにかを探そうと、わくわくしていた。その頃から、コロナを含め、自分の価値観が大きく変わることが続きました。

――4年前の対談では、失恋のお話も出ていましたよ。

三浦　ははっ。その話したんだ僕。この前、教えている大学の学生から「もう失恋から立ち直ったんですか」って聞かれて、「なんでそれ知ってんの!?」って（笑）。

――学生さんが記事を読んでくれてたとしたら嬉しいです。その後のコロナ禍は、演劇界には試練だったのでは。

三浦　動員も厳しかったですが、演劇界隈はハラスメントのニュースをすごく聞くようになりました。どういうクリエイションの空間を作れば、誰もおとしめられずに、ゆたかな稽古場ができるのかと悩んだ。自分が演出家として誰かを傷つける振る舞いはしたくない。それまで自分がやってきたことへの反省もありますし、いろいろとすごく考えるようになりました。

――稽古もマスクを着けて、距離を取って、コロナになるかもという緊張感でストレスもありますよね。

三浦　僕はそれまで、演劇のいちばんの魅力は、人と人が集まることだと思ってたんです。稽古で俳優やスタッフが集まり、時間をかけて一歩ずつ先に進む。劇場で、俳優と観客が出会う。人の集まる場所を作るのが演劇だと。リアルで人と会うことがすごく大事だと思っていたので、それが難しくなっていったとき、最初すごく抵抗がありました。

――それは大きな体験ですね。演劇のあり方を考え直さなきゃいけないから。

三浦　でもひとりでいる時間が増えて、むしろ今は人に会うのが億劫になっていて、その自分にも、うまくバランスが取れなくなっています。人ってこんなに慣れて、こんなに忘れるんだということもショックでした。今はもう「人と人が集まることってこんなに尊いんだ」と思ったことすら忘れかけている。あのマスクを着けてた頃の感覚も。いつの間にか慣れてしまうことに対する怖さを感じますね。

しかし、コロナによって大きな気づきもあったという。

当初は、演劇の配信に抵抗があった。ライブ感がなければ意味ない。だが、そうも言っていられない状況下でいざ試みると、育児のために劇場に行けなかった人や様々な事情で足を運べなかった人の存在に気づく。

三浦さんは、最近読んだ芥川賞受賞作の『ハンチバック』（市川沙央／著　文藝春秋）でも、さらに想いを深めた。

主人公は寝たきりで、健常者を前提とした読書文化の特権性に対する怒りを呪詛《じゅそ》のように吐き出す場面がある。

「自分がいかにそういうことに無頓着だったか、思い知らされました。劇場に来るってものすごくハードルが高い。移動して、劇場に来て、ある程度するチケット代を払うことができて。そうできない人たちもいる。劇場が大事だ、集まりが大事だ、なんて言える自分の無知に気づくきっかけになりました」

聞きながら私は、友達と食事に行くか行かないか、取材はオンラインか対面か、コロナ禍の毎日が大小の選択の連続だった苦しさを、もう忘れかけている自分に驚いた。

繊細な目で自分の内側を見つめる三浦さんによって、幾多の記憶をすくい取る。

感動することのリハビリを

――最初に、ご自分の年齢と書く言葉の距離に悩んでいるというお話がありましたが、今はどんなふうに折り合いをつけている最中なんでしょうか。

三浦　悩み中です。僕の創作の初期衝動は、なにか書きたいことがあるというよりかは、10代の頃にいろんなものを読んですごく感動して、自分もこういうのを描きたいというところから始まってます。でもSNSなどをやっていくと、だんだん、その、誰かの感動に影響を受けたのではとか、自分のこの感動は誰かの感動なのかもしれない、みたいにわからなくなってきたんです。

――ああ、なるほど。旅に行く前からいろんな情報をネットで集めすぎてしまうと、誰かの感動をなぞるだけになってしまうような。

三浦　はい。話題作が絶賛されていると、僕はこれを見たら絶対に感動するんだろうなとわかってしまって億劫になる。

――それ、つい最近、雑誌に高橋源一郎さんが書いていらっしゃいましたよ。いつの間にか我々はSNSのおかげで感動する前に感動が約束させられ、誰かの評価が刷り込まれた状態で見ることが習慣となり、自分のオリジナルの感動を持ちづらいって。たしかにそうだなあと思いました。

三浦　まさに同感です。だから感動するリハビリをしたいと今は思っています。心が動くのは疲れるけど、億劫だと避けるんじゃなく、10代のときのように、思わず体が動いてしまうような、そんな感動を味わう時間をもう一回取ろうって。

――感動のリハビリに、小説は効きそうですね。

三浦　そうですね。文章を読んでいて、何に感動するかっていうと、期待や予測を裏切られる瞬間だと思うんです。その最たるものは詩ですよね。僕らは、ふだん無意識に想定している流れがあって、先を予測しながら読んでいる。そこが裏切られていく瞬間に満ちた作品は惹かれるし、心を動かされます。

――小説や詩もそうですが、意外にエッセイも、裏切られるおもしろさってありますよね。短い分、小説以上に予測しやすく、起承転結の「起」を読んだら、おそらく「結」はこういくだろうみたいな。この対談でよく話すんですが、詩人の長田弘《おさだひろし》さんの詩集やエッセイにはそれが全くない。思いがけない表現の連続で、裏切られるおもしろさ、言葉の美しさがあるんです。

三浦　読書の喜びってそこにあると思いますね。今は執筆期間なので、とくにそういう、予測できない美しい文章に触れたいというのがあります。凝り固まっているものをほぐすように。

寂しいという感情と一緒にどう生きていくか

三浦　コロナ禍に入ってまもなく、たとえば僕はそれまでも死を作品で扱ってきたのですが、何もわかってなかったんじゃないか、自分は何も書けてなかったんじゃないか、と考えさせられる出来事がありました。そこから抱き続けている寂しさの質は、これまでと違う。もうちょっと前は、

その寂しいというものを、距離を置いて見つめられていました。

――4年前も、〝自分の寂しいというのは、こういうかたちをしているんだな〟というようなお話をされていました。

三浦　それが、今は近すぎて見えていない。自分との距離感がよくわからなくなっちゃったんです。

――私は今、吃音《きつおん》の方のノンフィクションを書いているんですが、当事者のお話を聞いて、何もわかっちゃいなかったなと無力感を味わうことの連続です。社会を知ったような顔でいたけど、今まで私は何を書いてきたんだろうと。

三浦　大平さんもいろんな方にお話を聞いてるから、そういう感覚があるんですね。僕は宮城の被災者の方にお話を聞いて作品を書いたことがあるのですが、あのとき僕は聞いてるつもりでいたけれど、本当に聞けたのかな。じつは何も聞けなかったんじゃないか。今になって自問自答している。その繰り返しです。

――『日々は言葉にできないことばかり』というこの対談連載は、三浦さんで11回目になりますが、今頃やっと、寂しさにも切なさにも多様な濃淡があるんだとわかってきて。聞いているつもりで、時には答えをもらったようなつもりで書いてきたけど、そんな簡単に言葉で表せないもの。だから名指せない感情なんだし、だから尊くて苦しくてかけがえがないんだと、気づき始めたようなありさまです。

三浦　なんていうか……、自分が経験したことに、自分が負けたくないっていう気持ちがあります。だから、どういうふうに、この経験を人に話せるようになるか。どんなふうに言葉にできるんだろうと考える。自分の課題ですね。

長い思考の旅になるのかもしれない。それは乗り越えるとか、前向きに頑張るというものでは決してない。

4年前と同じ人が口にした「寂しさ」「切なさ」は、全く違う質と温度で、私の前に提示された。

それらの感情と一緒にどう生きていくか。考えるのは疲れるし、億劫だ。でも、三浦さんからは一度も、「放り出す」「逃げる」という言葉は出ていない。

劇団ロロの芝居を観ると、人間ってめんどくさいし、世の中は生きづらいか生きづらくないかと言えばけっこう前者だけど、そんな毎日でもいつだっておかしいほど愛し愛され合って、人は生を支え合っているんだよなと、元気になれる。

失ったものがない人などいない。きっと、ほとんどの人が「ずっと寂しい」。

呑気でいたい、弱音のハードルを下げておきたいという彼の言葉に、小さく救われる人は少なくないだろうと思った。私のように。

対談
7
—
イーオクト株式会社　代表取締役
髙橋百合子

自分がいつも、いちばんの親友

髙橋百合子（たかはしゆりこ）

イーオクト株式会社代表取締役。大学卒業後、読売新聞社、専業主婦を経て、記事広告制作・展示会プロデュースなどを手がける。1987年に現在の会社の前身、株式会社オフィスオクトを設立。夫である建築家のエドワード鈴木氏を2019年9月に病気で亡くす。鈴木氏の主な建築作品は「さいたま新都心駅」や「セントメリーズ・インターナショナル・スクール校舎棟／プール棟／体育館棟」など。
https://www.eoct.co.jp/ https://www.ecomfort.jp/

撮影／神ノ川智早

白いチューリップが二輪、ダイニングテーブルですっくと頭を天に向けていた。花弁が膨らみかけている。可憐なだけではない、凛とした佇まい。

「ひとり暮らしは寂しい……というのはおかしな偏見だなと思います。ひとりでいるときほど、自分自身と親友になれて、とてつもない自由を楽しめるのに」と語るこの部屋の住人、髙橋百合子さんの印象とその花が重なり、私はひとり勝手に納得していた。彼女にぴったりのしつらいだな、と。

髙橋さんは、2019年9月、夫で建築家のエドワード鈴木さんを天に送った。仕事が終わると毎日、彼女の会社がある青山まで迎えに来て、一緒にお茶や食事をして歩いて麻布の家まで帰る。そんな生活を20余年してきたパートナーである。

対談では、〝日々の名指せない感情〟について、様々な方向から思考を深めてくださった。喜びも、満足も、絶望も、懐かしさも、切なさも内包した彼女の来し方から生まれる言葉はどれもみずみずしく、深い。だから示唆に富んでいる。気づきの多い対話になった。

寂しさは、愛おしいもの

――この企画は、もっと繫がり合おう、いいねをし合おう、友達が多いことをいいとされがちな世の中で、たとえば孤独や寂しいという感情はそんなに悪いものなのか。けっこう愛おしいものではないかという発想から始まりました。

髙橋　はい。この前ニュースかなにかで、お正月にひとりで過ごす高齢者が何％だって、報道していてね。なにか、ネガティブな意図を感じましたね。日本のお正月は、家族が揃って過ごすっていうイメージがある。だからきっと、ひとりだと寂しいということにされてしまうのかもしれません。

――たしかに、その固定観念はありますね。

髙橋　我が家はもともと、お正月くらいはのんびりしようと毎年エドワードとふたりで定宿に行ってました。もちろん家族で集まるのはいいものですが、みんながそうしているわけじゃないですよね。

――私も著書の取材で会ったある男性の言葉が忘れられません。80代で妻を看取っておられるのですが、いちばん嘆いていたのが「おひとり暮らしで、料理や家事も不自由されているでしょう」と、同情されることだと。その方は、夫婦ともに教師で若い頃から共働きなので、家事分担してきて、料理も掃除も得意なんです。

髙橋 女でも慰められがちなんですよ。だから夫を亡くしたあとはしばらく人に会いたくなかった。相手に気を使わせるから。コロナ禍は、私にとっては救いだったと思っています。社交がなくなり、ひとり静かに暮らせたので。

友達の言葉が心のお守りに

エドワードさんはインターナショナルスクール出身で、海外にも友達が多い。葬儀後、英語圏の人々と、日本人とで興味深い違いがあったらしい。

髙橋 英語圏の人たちはみんなとにかく「一緒にごはんどう?」って言ってくるの。そして、「役に立てることがあったら、いつでも言ってくれ」って。

――なるほど。

髙橋 あるときなんて、ニューヨークの夫の友人だという男性から、突然私にメッセンジャーで「今度東京に帰るから一緒に食事しよう」ってお誘いが届いて。フェイスブックで直接繋がっている方ではないけれど、どこかで面識があったのかもしれないと「前にお会いしたことありましたっけ?」と聞いたら「ないよ!」って(笑)。

――それでどうされたんですか。

髙橋　共通の友達と一緒にお会いしました。エドワードを大切に思ってくれているとわかり、とても楽しかった。どの方も会うと、エドワードはこうだったよね、ああだったよねって、懐かしんで語り合う。私の知らない彼を知れて、嬉しいものでした。

――私は〝ご愁傷様でした〟という言葉くらいしか思いつかず、困ってしまうことが多いです。

髙橋　そう、日本ではそっとしておこうとするし、亡くなった人についてあまり触れないですよね。全然違うんです。この違いはおもしろいですね。

もちろん国民性の違いもあるだろう。

それ以上に、お連れ合いの人柄がよく伝わる話だなあと感じた。

高橋さんいわく、「冗談好きで、面倒見がよく、友達が多い、そしていつも私を笑わせてくれていた」パートナーが、いなくなって3年半。

葬儀後は、これまでどおり自分の仕事をこなし、料理も家事も滞りなくこなしてきたが、心のどこかがぽっかりと空いたままだったという。

「亡くなったことによって、もっと彼を知ることになる。つねに一緒にいる。私の中で生きていく。カーナビの衛星みたいに、いつも私にくっついて、追跡してくれている」と、思えるようになったのは最近だという。

髙橋　ご主人を亡くした友達が「5年経つと、なんでもなくなるよ」っておっしゃってくれて、そうか5年経ったら大丈夫になるのかと、今はその言葉がお守り代わりです。

ふたりで歩いた道全部に彼がいる

――ひとりの自由について、もう少しお聞きしてもよいでしょうか。ふだんはお仕事で人と接していらっしゃいますが、オフはどうされているのでしょう。

髙橋　仕事以外、ベースはひとりでいます。本がないと生きていけないので読書は欠かせません。し、散歩で遠出も楽しみます。バスを乗り継ぎ、新しい街に行くのが好きなんですね。「ゆりかもめ」に乗って海の景色を眺めたり、日比谷公園に行ったり。木曜夜あたりから、さぁ週末はどこに行こうとワクワクし始めます。

――平日はいかがですか。

髙橋　夕方、特別に急いで家に帰る理由がないときは、何をしようかととてつもない自由を感じますね。爆発しそうなくらい心が躍ります。

最初の結婚が早く、大学卒業後、新聞社、広告制作を経て環境対策製品を扱う会社を創業したため、人生においてひとりで生きていたことが少なかった。

だからこそ、こう実感する。

「今、こうしてひとりでいることが、とても贅沢な気がしています」

いっぽうで、新たに生まれる切なさもある。

エドワードさんとは、どこへ行くにも一緒だった。家でも外でもふたり。そのため、ふたりでよく待ち合わせしていた場所や店には、今も行けない。

髙橋　表参道の山陽堂書店や、待ち合わせ後、一杯飲むため毎日のように寄っていたお店なんかはやっぱり、行けませんね。

ふたりで歩いた道全部に彼がいる。

その記憶にはおそらく、幸福とひとかけらの切なさが同居しているんだろう。

妥協せず、簡単に折り合わない

――髙橋さんは、30代から、今の会社に繋がる仕事を起業されました。取材で様々な経営者や店主にお会いすると、みなさん、いちばん仕事で難しいのは「人だ」とおっしゃるんですよね。これはもう一様に。

髙橋　わかります。私は社員に対しては、教え続けるしかないと思っています。言い続けるしかないと。

――その際の指針は。

髙橋　『私達が大切にする価値観　真実＋20Values』という指針を作りました。ひとりひとり価値観や考え方は違いますから、働く上で拠り所になる共通語が欲しかったんです。

――それでも、折り合えないことが出てきたときはどうしますか。自分に折り合いをつけてやっていくって、じつはけっこうしんどい気がしますが。

髙橋　折り合いをつけないで、言い続けます。だって、仕事って、一日でいちばん長い時間を一緒にいるでしょう。価値観が違いながら一緒にいるって、お互いにきつい。社員もおもしろくないし、幸せじゃないと思うから。

――折り合いをつけない！　それは新鮮です。日本の社会では自分が違うと思っても、折り合って調和を重んじることがいいとされてきたし、私もその価値観の中で苦しむことも多いので。

髙橋　短期的には折り合うのがしかたないときもあります。どんなに話しても平行線で、これ以上はお互いによくないというときもあるでしょう？　でも、長期的に見て、価値観が折り合えないのは絶対ダメ。妥協せず、話し合い続けることが大切です。

理不尽なこと、納得できないことに対して折り合わないのは、個人もビジネスと同じだと彼女は言う。

長年会社を率いてきた人の断言に、私は目から鱗が落ちるようだった。

髙橋　折り合うことがいいという価値観は、日本社会のよくないところだと感じます。たとえば、女性だからと、対等に評価されなかったり、理不尽な仕事を押しつけられたりしても、自分に折り合いをつけ、反論してこなかった歴史もある。だから女性も省みるべきだし、そういう価値観はみんなで変えていきたいですね。

取材後、髙橋さんから届いたメールにこんな言葉があった。

『世間の思惑を考えない。誰の思惑も気にしない。表面的ないい人にならない。理不尽なことは受け入れない、戦う。自分の損得に左右されない生き方をする。』

まっすぐ天に向かって咲き誇ろうとする卓上のあのチューリップが、再び私の中で重なった。

夫が教えてくれた人生のものさし

髙橋さんはもうすぐ、引っ越しをする。エドワードさんと20年共に暮らしたこの部屋と別れを告げる日が近いのである。

彼の癌がわかってしばらく経った13年前、ふたりで土地から探して見つけた横須賀市の子安に移り住むという。

――設計はもちろんエドワードさんですよね。完成はご覧になったのでしょうか。

髙橋　工務店に設計図を渡し、これから工事だというときに亡くなりました。夫がいないのにどうしようか、森にしようかと考えたこともあったのだけれど、彼があんなに気に入っていた土地だし、建築家だから。彼の描いた気持ちを形にしたいなと思い、最終的に越すことにしました。

アパレルブランドのモデルも務めていたエドワードさんは洋服をたくさん持っていた。それらすべてを、譲るなどして整理。「もうモノはたくさん持ちたくないので」と、自分の所有物も見直した。

誰かと畑もやりたいし、ご近所さんと花も植えたい。

仕事もあるので東京ではアパートメントホテルを借りようと考えている。ひとりひとりの暮らしから快適なサステナブル社会を作るため、取り組みたい事業もまだまだたくさんある。

24時間を自分のために使えるようになったとはいえ、24時間で足りるんだろうか？ といらぬ心配をしてしまう。

希望に満ちたお話があまりにも楽しく刺激的で、対談は予定より2時間オーバーした。もっともっと話していたいと思わせる人生の先輩に、最後に「夢はなんですか」と大雑把な問いかけをしてしまった。

うーん、と考えあぐねた様子で笑いながら、話は逸れていった。

その先、エドワードさんの思い出話の中に、私は唯一無二の答えを見出した。

「教会での葬儀には、お別れに来てくださった方が入りきらず外にあふれてしまい、お花は飾りきれなかったので、お店に頼んで分けて届けていただいたら、2年以上も続きました。

亡くなったあと、いろんな人たちから私の知らない彼の話を聞いて思ったんです。

彼は私に与えてくれたのと同じように、やっぱりこんなふうに愛を、多くの人の心に残していたんだな。お金でも地位でもない。人生の成功ってこういうことをいうんだろうなって」

もうすぐ春。髙橋さんの新たなひとり暮らしが始まる。

対談 8

挿花家《そうかか》 谷匡子

ここからの人生は、ひとりよがりでいこうと決めた

谷匡子（たにまさこ）

インテリアショップ「TIME & STYLE RESIDENCE」のスタイリングをはじめ、挿花家として活動中。兵庫県生野町（現朝来市）に生まれる。5歳から生け花を習い、その後、栗﨑昇氏、濱田由雅氏に師事。1986年にアトリエ doux ce（ドゥセ）を設立。花を活けることを通して、日本人が持つ自然観、美意識を大切に、季節を五感で感じる表現を提案している。著書に『花活けの手びき』、『四季をいつくしむ花の活け方』（ともに誠文堂新光社）。http://doux-ce.com

撮影／鈴木静華

「言葉にならないことばかりですよ、人生は」

挿花家の谷匡子さんは朗らかな口調で、この対談をウェブサイトに連載していたときのタイトル『日々は言葉にできないことばかり』に同意した。

「だから直感的にこの対談をお受けしたんです。そのことについて、今、純粋に思うことをお話ししたいなと思って」

甘やかなササユリの香りがふんわりと丸く漂う彼女の自宅1階で、対話は始まった。

事故が最大の転機に

人生の節目節目で、思いがけず、来し方行く末を見つめ直す機会に遭遇してきたという。最大のそれは、９年前の交通事故だ。
年末の早朝、正月の生け込みの仕事で、急遽配送会社の車に同乗することになった。

谷　あれは12月30日のことでした。クリスマス以降、全員が忙しさのピークで、予定していたスタッフの疲労を感じたことから、急遽私が同乗することに。たまたま雨で、ね。単独事故でしたので、命拾いしました。救急車を待つ間、高速でサーサーと行き交う車に脅えながら頭に浮かんだことは、スタッフとその家族のことばかりだったんですよね。

――ご自分のことではなく。

谷　はい。無力さを痛感しました。自分の体になにかあったときに、みんなの分の責任を取ってあげたいけど、私ひとりでは何もできないんだなと。事故直後の痛みの中で、いつか振り返ったとき、苦しかったけどこの事故があって本当によかったたと思えるようにしようと念じました。

――９年前なら、お子さんも育ち盛り、どまんなかですね。

谷　当時は長男22、長女20、次男14、三男９歳です。時間的にも精神的にも余裕がなく無我夢中でしたが、それでも検査や治療で2カ月仕事ができなかった間にいろいろ考えました。これからの人生はできるだけシンプルに、自分のやりたいことに、まず向かっていこう。そして、私の手の中に入る〝家族〟の数はやはり限界があるので、社員には事情を話して、ひとりひとり順番に巣立ってもらおうと決めました。

――私は谷さんと同い年で、子どもの年齢も似ています。上が28で下が24。保育ママさんに0歳から助けていただいてましたが、働きながら子育てをする女性がまだ少なかった時代でした。私のようなフリーランスはとくに。無我夢中という言葉に、とりわけ共感します。

谷　まさにまさに。今日、本当に久しぶりに朝10時から取材をお受けして、珍しく緊張しているんですよ。今まで仕事前の朝は子どもを送り出したり、スタッフの受け入れや現場の準備をしたりで、バタバタ。取材に緊張する時間さえありませんでしたから。

ミュージシャンの夫と、4児をこの家で育てた。実家は兵庫で、両親は頼れない。がむしゃらな母・妻・挿花家・経営者の四役の生活も徐々に落ち着き、長男は家庭を持ち、長女は役者の道に進み独立。次男と三男は寮生活で家を離れている。

事業もまた長い時間をかけて、最小限のスタッフにしぼった。

だが、「荷物を減らす」「肩の荷を下ろす」とは違うと語る。

「荷物ではないんです。なんだろうな。夢中でやってきただけのことなんですよね。仕事が増え、人が増え。気がついたらっていう感じだったんですよ」

なるほどたしかに、人は「荷物」ではない。彼女のものの見方や生き方が伝わる、興味深いつぶやきだった。

〝ひとりよがりのものさし〟

谷　歳を重ねれば重ねるほど、子どもやスタッフや、いろんなめぐりあわせで人生が導かれるということを、しみじみと実感しますね。今年のはじめ、野球に打ち込んでいた三男が怪我をしまして。手術を待っている間、坂田和實《かずみ》さんが書かれた『ひとりよがりのものさし』（新潮社）という本を読み直しました。

――古道具坂田のご主人（2022年逝去）ですね。ひとりよがりという言葉は、あまりいい意味では取られない。気になるタイトルです。

谷　坂田さんの目線を通したお話なんだけども、〝あ、これでいいんだ〟ってすごく思えたんです。ここからの人生は自分が納得できる表現を、とことん追求することに向かっていけばいいんだって、強く背中を押された気がしました。

——私と谷さんは、もちろん業種は違うけれど、私も、こういうテーマで書きませんかと言われて、そこからすべてが始まります。何もないところに「これが書きたい」となるわけではないので。そうするととくに、ひとりよがりというのは、悪いものだと考えがちです。谷さんのお花のお仕事も、店舗やイベントなどクライアントの希望があって、初めて始まるところがありますよね。

谷　ええ、本当に……。ずっとそうでした。でも希望に沿うって、ある意味ラクで、逃げ道があるんですよ。

——そうか。うまくいかなかったときはとくに。ひとりよがりでいることのほうがずっと難しい。

谷　そう思います。9年前の事故から、シンプルにしようシンプルにしようと努めてきて、スタッフも時間をかけて20人から3人に。その延長線上に、『ひとりよがりのものさし』との再会があり、すごくすっき

りしました。腑に落ちたというか。子育てなりスタッフなり、人との関わりが体の中にいっぱいいっぱい、修行として学んできたことがあって、ここからひとつずつ、ひとりよがりに出していける、表現していけるんじゃないかなって。

――具体的にはどんなことを。

谷　まずは初めて7月に花の写真展をやります。20数年前に、借りていた大阪の洋裁学校でお世話になった恩師からの助言がきっかけで。

花の写真はすべてデジタルでなくフィルムで撮り下ろした。

理由は「目に見えない、すぐに答えが出ないことに今、ものすごく魅力を感じているので。デジカメだと、すぐに結果が見えてしまうので、その場で修正がききますよね。一か八か。この感覚が好きなんですけど、やってみないとわからないところがいい。大体こうできるとわかっていることをやってもしょうがないなと思うんです」と明快だ。

答えを探しているうちは見つからないもの

――ご長男のことを聞かせてください。思春期は互いに激しくぶつかったというご長男が、花の仕事を手伝うと言い出したときは、さぞ驚かれたのでは。

谷　いや、嘘でしょみたいな。それこそ言葉にならないじゃないですけど、息子と組むなんて、自分もこだわりがありますし、イメージが全然湧かなくて。親子でやりづらいに決まってますし（笑）。

――それがもうまる4年。ああできる、と、気持ちの折り合いがついたのはいつ頃でしょう。

谷　ご縁があって岩手に行き来し、自分の生ける花を育てるために、畑を借りています。そこで、ひとりで作業をしていたときにふっと、私が今やってることは一代では終わらないことだったんだって気づいたことがありました。

――ほう、岩手で。

谷　顔も見たことのない先人たちが植えてきてくれたものを、今私が手に取って、花束にして、またその先の人を喜ばせることができる。繋がっているんだなあと。だから、私が死んだあとに咲く花も、必ず誰かが誰かの手に渡してくれるということを、確信できた。息子もまた、その中のひとりとして自分なりの形でやっていくんじゃないでしょうか。今、私が憧れを抱く老木の妙味のように、何十年か先には畑の木々がそうやって深みを増してくれてたらいいなって。

――一代で終わらないという真理は、おそらく東京でビルに囲まれて、花を生けてたら絶対気づかないことですね。

谷　おっしゃるとおり。結局、全部誰かから与えられたものなんですよね。自分で作り上げるも

のなんて微々たるもので。

――答えは自分が出したものじゃない、というところに惹かれます。先人が耕して、山から流れてくる水も含めて、顔も知らぬ人々が累々とやってきたことの先に、ただ自分がいる。気づかせてもらった。それは、そこでしか気づかないことでしょうし、なにか自分で「よし、気づきに行こう」と思っていたわけじゃないってところが大きい。

谷　そうですね。答えを探してるうちには、見つからない。ふとそのことから離れたときに、ハッと気づくものなんでしょうね。

――畑をしていて、ずっと何年か考えていたことの答えがふっとおりてきた、みたいな。

谷　そう。だから私は目に見えない、すぐに答えが出ないものにとても惹かれていて。見つけるまでのプロセスを大事にしたいし、そこにこそストーリーがあると思うのです。

人のことを気にしている場合じゃない

谷さんは8歳のときに、兄を亡くしている。幼いときから闘病し、亡くなるまで家族は看病に心血を注いできた。そのとき野に咲く草花に支えられたのが、挿花家の発露である。

谷　まだ幼かったので曖昧な記憶ですが、〝親が自分にかかりきりで妹が寂しい思いをしているんじゃないか〟と、兄がいつも私のことを心配してくれていました。優しい人でした。生きたくても生きられない人生があるということを、小さなときに知りました。

兄の分までしっかり命を使って生きないと。それが花の仕事に向かう活力に、ずっとなっています。

――ここまでやればいいというゴールがなさそうなお仕事ですよね。

谷　花はどれだけやっても満足できたことがありません。でも、明日はここまでいこう、その次はここまで、と少しずつでも前に進みたいです。

――私も次から次へと書きたいテーマがつもり、体力と集中力が追いつかないのがもどかしくなっちゃいます。50代ってもっと落ち着いているのかなと思っていたのですが……。谷さんはいかがですか？

谷　私も何が悲しいって老眼ね（笑）。花を勉強すればするほど自分の足りなさを知る。やりたいことはいっぱいあるし、今になって学びたい欲も増しています。やりたいことをやり続けるには、心も体も鍛えるしかないですね。やり抜ける体力をつけないと。

――さっき、ひとりよがりという言葉がありましたが、なんのために生きるのか、働くのか。ひとりよがりのベースには、私は、誰かや、世の中の役に立つという目的がないとダメだな、と最近ようやく考えるようになりました。それがないと長くは続けられないと思う。

谷　それしかないですよね。私も、いろんな出会いや出来事が繋がって、やっと気づけました。

――フリーライターの駆け出しの頃や仕事が軌道に乗り始めた頃って、自己実現とか、仕事を拡大する喜びとか、名声が欲しいとか正直ありました。でもある程度歳を重ね、経験を積むと、自分の書くものが１ミリでも世の中の役に立ってほしい。そのために働いているし、書いているという実感が芽生えます。

谷　はい、そこに気づいてしまったら、あとはもういくしかないですよね。心と体を鍛えながら。この先も、命を磨き続けたいです。

――人にどう見られるかとか、どう言われるかとか、あーだこーだ気にしている場合じゃない。ひとりよがりに、思う道を行くしかない。そういうことに気づけるのだから、歳を取るのも悪くないなって。今日、谷さんとお話ししていてよけいに強くそう思いました。

谷　夫婦でよく話すんです。自分たちにはお金の財はないけれど、感じてきたことは自分の中に蓄えてきた。それって、心の財、経験だよねって。これからももっと、それを育てていこうって。

私はつねに、原稿に結論を求めようとする。

だが、すべてに答えなんてなくていいよなと思う。そんなに簡単にわかるはずもない。わからないから人生という旅はおもしろいし、生きている途中で、私はこう思うよというかけらを拾えるだけでも素敵なことだ。経験が育ち、いつか不意に人生の謎が解けたらそれが最高。

取材の間中、優しく香っていたササユリは、今この時期、この瞬間にしか出会えない貴重な花らしい。

答えが出ないほうが尊いこともあると発見できた今日のことを、この香りとともに覚えておこう。

対談 9 ―― ちがや Chigaya Bakeshop オーナー

愛すべき孤独。寄り添うべき孤独

ちがや

Chigaya Bakeshop のオーナー。宮城県石巻市出身で、父親の仕事の都合で中学・高校を湘南で過ごす。大学時代にスタイリストの修業を行い、卒業後は単身ニューヨークに渡り舞台衣装をコーディネートする仕事に就く。一時帰国中に辻堂の物件と偶然出合い、2014年に開店。現在は、神奈川県・辻堂と、東京・蔵前、森下、日本橋に店舗を構える。プライベートでは夫と犬とともに暮らす。
Instagram @chigaya_bakeshop

撮影／土田凌

彼女が持参したいくつかの愛読書の中に、『悲しみの秘義』（若松英輔／著　文藝春秋）があった。

この企画の準備段階から、私も繰り返し読んでいた作品である。妻を亡くした若松氏が、喪失や悲しみ、孤独という感情と向き合った作品で、深い悲しみを通じてしか見えてこないものについて綴っている。

「なぜこれを？」という問いに、少しはにかんだような表情で答えた。

「主人ともいつか、そういう別れの場面がくるだろうな、どうやって乗り越えたらいいのかなって考えているときに、書店で見かけたのです」

Chigaya Bakeshop（チガヤ・ベイクショップ）オーナー、ちがやさんは5年前に結婚した。まだ、心配するのが早いように感じ、素朴な問いかけから対談が始まった。

いつかひとりになるときを想像してしまう

——もうお連れ合いとの別れを考えるのは、少し早いようにも思いましたが、なぜでしょう。

ちがや 彼が13歳年上なので……。同じ時間を過ごして思い出ができ、愛が大きくなるほど、いつかひとりになるときの悲しみが大きくなる。孤独ということについては、夫と一緒になって、さらによく考えるようになりました。

——そう考えると、恋愛していたとき以上に、夫婦や家族というのは切ないものかもしれませんね。

ちがや ええ。銭湯が好きでよく行くのですが、おばあちゃんどうしの会話を聞いていると、初対面は必ず「おひとり？」って聞き合うんですよね。「主人は何年前に亡くなって今ひとりなんですよ」「あら私も」なんて。ああ、私も歳を重ねたら、そんなふうに、誰かに聞いたり答えたりするんだろうなって。

偶然にも共通の愛読書から始まった対談で、ちがやさんには、これまでも今も、いろんな種類の孤独を感じる瞬間があるらしいとわかった。

それは決して避けたいようなものではなく、聞けば聞くほど、むしろ彼女の人生をゆたかに下支えしているように、感じられた。

死を意識したことで道が拓けた

ふわふわの生地にきび砂糖がまぶされた素朴なプレーンドーナツは、この店の顔だ。口溶けがよく、型抜きを使わないためひとつひとつ形がちょっと違うそれは、揚げたてが並んだとたん、次々に売れてゆく。

けれどもお客さんもスタッフものんびり穏やかで、人気店にありがちな、あくせくした雰囲気がない。店の隅々まで、どこまでものどかで居心地がよいのである。

意外なことに、ちがやさんは２０１４年に最初の店を辻堂に開くまで、パンやドーナツを一度も焼いたことがなかったという。

ちがや　ファッションが好きで、学生時代にスタイリストのアシスタントに。卒業後はニューヨークに渡り、舞台衣装のスタイリングの仕事をしていました。

――日本でアシスタントを始めたとき、手紙を何通も書いてオファーしたと伺いました。行動力はもちろん、体力ややる気がすごいなあと。そもそも、学生をしながらのアシスタントも、相当大変だったのでは。

ちがや　早朝から働いて、スタイリストバッグ持って授業に出て、終わったらまた現場に戻ってとか。そう、あのときがいちばん大変だったのかもしれないですね。

――ニューヨークでも、付きたい師に自ら連絡して面接を受け、卒業式を待たず渡米したんですよね。その行動力はどこから生まれるのでしょう。

ちがや　高校3年のときに交通事故に遭い、重傷を負いました。2カ月間入院して、寝返りもお手洗いも手助けなしにはできない生活で。

　そのとき突然、死と向き合うことになって、何というか、開き直りました。いや、開き直らざるを得ない状況だった。それまでは陸上一筋。長距離走で実業団に内定していましたから。

――自分の意志と関係なく、人生はいつ幕を閉じるかわからないと18歳でご経験されたと……。

ちがや はい。人間、いつ死ぬかわからない。だからやりたいことを早くしなきゃと迷いはありませんでした。

「もっと強くないと生きていけないわよ」

――渡米されたとき、英語は話せましたか。

ちがや 日常会話程度でしたね。すぐ仕事が待っていたので、英語学校に通う間もなく、実践で覚えていきました。ニューヨークの人って、しゃべるのがすごく早いんですよ。苦労しました。

――知り合いもいない、英語も話せない。私なら心細くてたまりません。

ちがや アパートの大家のおばあちゃんに「よろしくおねがいします」と挨拶に行ったら、「そんなんじゃダメよ。もっと強くないと、ここでは生きていけないわよ。それで何人もここからいなくなったから、あなたは頑張りなさい」と言われました。

――厳しいけれど刺さる助言ですね。ニューヨーク生活で変わりましたか。

ちがや 変わったと思います。たとえばルームメイトがパーティをして部屋を散らかしたままにする。翌朝、私が掃除をして「遊んだあとは自分で片づけて」と言うと、「あなたがやりたくてやってるんでしょ」と返されてしまう。これは、はっきり言わないとダメなんだなと思いました。家でも仕事でも、そんなことがしょっちゅうで。

――すぐ直してくれるものでしょうか。

ちがや　いえ、なのでその都度口にします。あとから、言いすぎちゃったかな、と変に心配にもなるけど、ここで生きていくためには、そういうふうにならないといけないんだと割り切りました。ルームメイトは友達ではないし、それぞれ生きている世界も生活リズムも違う。言葉にしないと、伝わらないので。

日本にいたら。あのとき事故に遭っていなかったら。おそらくこの強さは身についていない。そして、一日中気を張って過ごしていた彼女にとって、最も心休まるのが、居心地のいい空間での〝食べる時間〟だったのである。

「やらない理由が考えられない」

ちがや　そんなんだから、あまり家に帰りたくなくて、カフェによく通っていました。

――そうでしたか……。

ちがや　お気に入りの2軒は、どれだけ長くいても何も言われなくて、適度なざわめきがあって、ひとりでも心がなごんで元気をもらえる場所でした。

――わ、いいな。食べものもおいしいんですか。

ちがや　1軒は夜、カフェバーになる店で、にんじんスープが絶品なんです。カレーの風味がちょっとして。もう1軒はラベンダー入りのショートブレッドがおいしいベイクショップ。この2店には大きな影響を受けました。

――現在のChigaya Bakeshopにもつながるような?

ちがや　はい。学生時代にバイトした根本きこさんのカフェ「coya」とともに。いつか歳を取ったら、こんな自分の好きなお店をやりたいなあって。焼きたてのパンを置いて。私、もともと、パンやドーナツやクッキーみたいな粉ものが大好きなんです。

その夢は、思いのほか早く実現する。たまたま一時帰国して訪れた湘南の辻堂で、好きなビストロの隣に、空き物件を見つけたのだ。

直感的に、ここで焼きたてのパンを作って客に渡すお店をひとりでやる姿のイメージが湧き、即、行動に移した。

ちがや　ちょうどロサンゼルスに越そうかな、映画のスタイリングもしてみたいな、と迷ってた時期でした。ただ、なんかもう、その物件が借りられるとなった時点で、気持ちは決まってましたね。やらない理由が考えられない。3年やってみてダメだったら、また戻って服の仕事をすればいいやと、思いました。

孤独と向き合った時間

こうして研究に研究を重ねて焼き上げたドーナツやマフィンが並ぶChigaya Bakeshopは、2014年に開店した。カウンターと8席の小さな空間である。作って、売って、片づけをして、仕込む。すべてをひとりでこなす店では、「孤独と向き合う時間が長かった」と振り返る。

ちがや　雨の日はお客さんが少ないので、気持ちも落ちるんです。売れ残ったパンやドーナツが、自分の子どもみたいでかわいそうで。お店って、待つ仕事なんですよね。誰も来なかったり、売れ残ったり、そういう光景とも向き合わなくちゃいけない。だから、どうやって待てるか、待つのを楽しめるかに、けっこうかかっていると思うんです。

――どうやって孤独と付き合ったのでしょう。

ちがや　いろいろ工夫しました。お花を一輪でも置くと自分も嬉しいし、雨の日に来てくれる人の気分もちょっと明るくなります。お客さんが来ない日ほど、お掃除をしてきれいにしました。すると気持ちも晴れ晴れとして。あとは本を読んだり、ティーコゼーやコースターを編んだり。お客さんを迎える万全の準備をして待ちました。

「あのとき、私、寂しかったんだと思います」

ちがやさんは懐かしそうにつぶやいた。

客を待つ孤独を愛おしむよう

な、優しい表情で。

――お客さんとのやりとりは。

ちがや　小さなお店なので会話は多いんです。毎日来る人もいて。やっぱりおじいちゃん、おばあちゃんはね。いつも来る方がいないと、すごい心配になっちゃう。心配させないように「明日は用事で来られないけど、明後日は来るからね」と、教えてくれる方もいました。

「東京にも」という声に応え、2019年にChigaya蔵前を、次に森下、日本橋に開店。現在も、ちがやさん自身が生地を配合。早朝から手作りし、開店の頃、いったん自宅に戻るという生活リズムだ。

妥協しない味は、たくさんの人に愛されている。店も拡大している。

だからこそ、最近は別の種類の孤独が、心にはりつく。

「自分が思うようなふうには、人を動かすことができてなくて。スタッフもいっぱいいるし、伝わり方も違うし。ちょっとしたことでも言わないと、お店が乱れてしまう。でも何をどこまで言えばいいだろう。細かすぎるって思われないかな。個性を潰しちゃわないかな。考えすぎて、いっぱいいっぱいになります。その相談をする人がいない。孤独な立場だなって思います」

新たな孤独よ、こんにちは

――それは、これまでとはまた違う孤独だったのですね。

ちがや　自分ひとりでやっていたときは、いつもお客さんの言葉に助けられていました。今は、任せられるスタッフが増えたぶん、私がこうしたいという気持ちと同時に、その人のいいところがちゃんと出ているお店にしたいという気持ちもあって。バランスに悩みます。

――どうやって折り合いをつけていますか。

ちがや　任せきろうと、腹をくくりました。その人が育てたお客さんが来れば、お店はいい空気になるはず。働いている人がどれだけ生き生きしているかがいちばん大事だなって。

――ああ、なるほど。

ちがや　ただ……。家族のように思っていたスタッフに「辞める」と言われるのは、いまだに慣れないし寂しいです。こんなに悲しいなら、ひとりのほうが楽かなって一瞬思うことも。

――それでも頑張れる理由はなんでしょう。

ちがや　自分で作ったものを、自分の手で渡してお客さんに喜んでもらえる。こんな幸せなことないですよね。真夜中に仕込みに行くと、オーブンが暖まるまでは寒いし、ひとりだし、孤独なんです。だからいつも、お客さんの顔を思い出して作ります。「これ、あのお客さん好きだったな」

とか「今日はあの方来てくれるかな」とか。不思議なもので、思いながら作ると、その方がいらしたりするんですよ。これは辻堂の頃から。

――そういう話、聞いたことがあります。ほんとにあるんですね。

ちがや　ええ、あるんです。不思議ですよね。最近スタッフからも言われました。「ちがやさん、私にも同じことが起きました！」って。

かつて、ひとりぼっちだった時間が育んだもの

向き合うものが洋服の生地からパンの生地になっただけで、働くことへの情熱は20代の頃と何も変わっていない。いつか、ひとりになっても、体を動かしていたいし、お客さんと会話をしながらパンも焼いていたいという。

次なる夢は、1階がベーカリーショップのホテルを作ること。

彼女なら、そう遠くない先に実現しそうだ。でも、ホテルとはまた大変そうだが、なぜ？

「ひとりでいても居心地がよく、元気や勇気をもらえる場所作りをしたいんです」

それを聞いて、ふたつのことが腑に落ちた。

この店の、いつまでもいたくなるような居心地のよさ。

もうひとつは、かつてひとりぼっちだった自分が癒やされ、元気をもらったニューヨークのあのカフェのような空間を、今度は自分でという熱い気持ち。

若松英輔さんの本を読んで、今からひとりになる切なさを想像するちがやさんのように、誰だって喪失を介してひとりぼっちになるのは怖い。

孤独を感じたとき、ふんわりと存在をまるごと受け入れてくれるカフェのようなあたたかな場所があったら、ものすごくたくさんの、〝切ないひとり〟が救われそうだ。

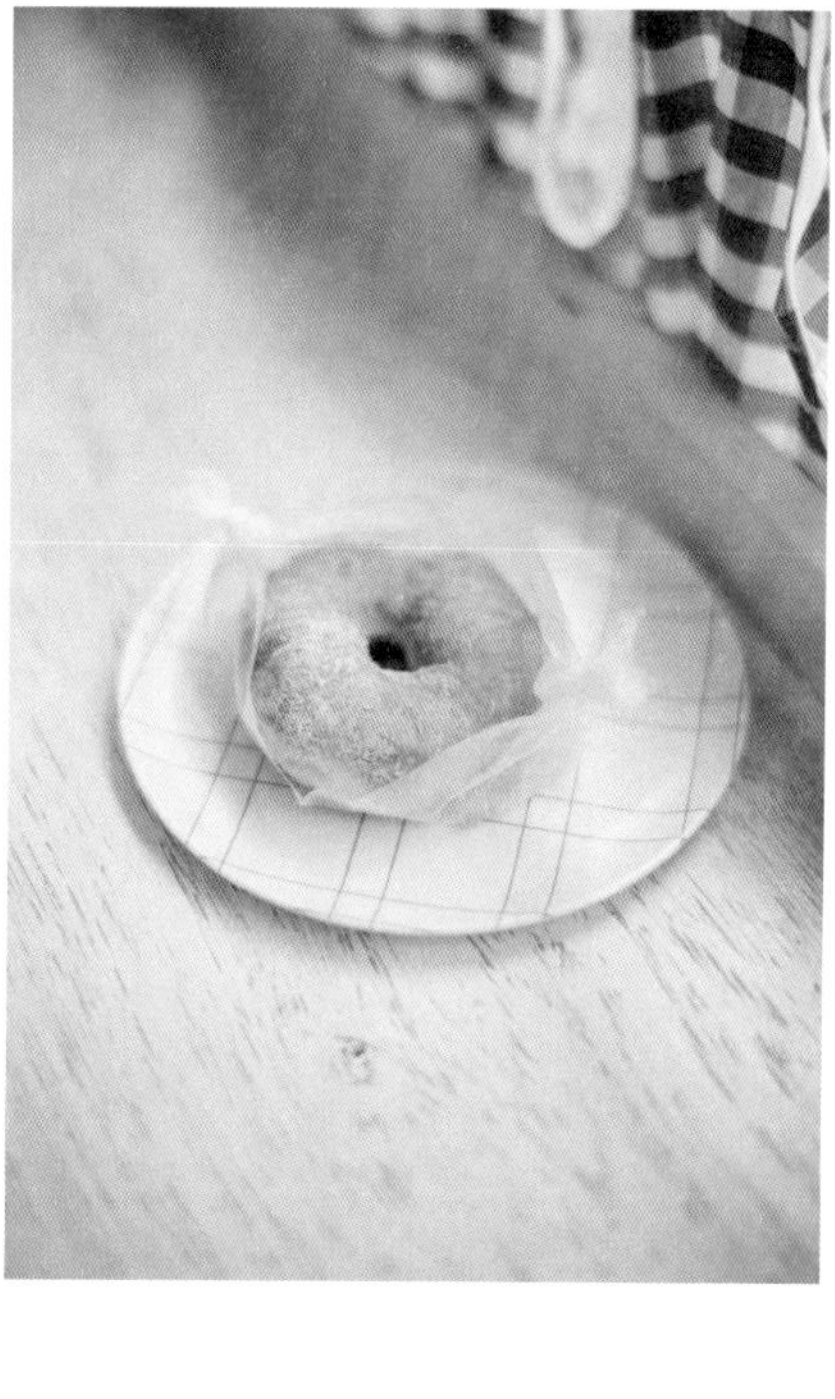

私も彼女も、孤独や切なさの正しい引き受け方は、まだ知らない。

まだ人生という旅の途中なんだよな、と彼女のこんな言葉からも実感した。

「みんなが孤独とどう向き合っているのか、すごく知りたいです」

ベーカリーで。ホテルで。私は取材で。追究する日々を共に楽しみたい。

対談
10

書店「Title」店主
辻山良雄

さまよう時間が自分を下支えする。「積ん読」だけの本でもいつか自分を耕すことがある

辻山良雄（つじやまよしお）

Title店主。書店リブロ勤務を経て、2016年1月、東京・荻窪に本屋とカフェとギャラリーの店Titleをオープン。新聞や雑誌などでの書評、カフェや美術館のブックセレクションも手がける。著書に『本屋、はじめました 増補版』（筑摩書房）、『365日のほん』（河出書房新社）、『ことばの生まれる景色』（ナナロク社）、『小さな声、光る棚』（幻冬舎）など。毎月第3日曜日、NHKラジオ第1「ラジオ深夜便」にて本の紹介を行っている。title-books.com

撮影／鍵岡龍門

そこにいると深海にいるように気持ちが鎮まる。漆黒の本棚をぬっていると、自分が活字の海を泳ぐ魚のように思えてくる。ゆらゆらすいすい。好きなところにたゆたい、好きな水草の中で動きを止めたり、また泳ぎだしたり。

そうしていくうちに、どんどん心が本に向かって開いていく。

そんな客を毎日見ている辻山良雄さんの書店Titleを訪ねた。

――読書に、自分の中の言葉にならないことに目を向けることの意味や価値があるとしたら、教えてもらいたくて。

本にそんなに答えがあるわけじゃない

――この対談は正解も結論もなくていいのですが、辻山さんはふだん、日常の隙間にこぼれ落ちた感情、言葉にならない感情の尊さを意識するようなことはありますか。

辻山　Title を始めてから書く仕事もいただくようになり、ずっと考えているわけではないけれど、なんとなく胸のこのあたりにいつもあるかもしれません。大平さんは書いていて、いかがですか。

――小さなことを書き留めるだけで、意外に今日はいい一日だったじゃんとか、流れていくなんでもない日々の尊さに気づけるというか。おそらく誰もが、日々は言葉にできないことの連続なんだろうけれども、なにかに書き留めてアウトプットするという作業をすると、毎日の

濃さはちょっと変わるんじゃないかと思います。

辻山　そうですね。感情は単色じゃなくて、いろんな寂しさや嬉しさも混じっている。取り出して言葉を与えることで、その複雑さを味わい、価値がだんだんわかってくるところがあります。

――読むこと。本から、そのような感情の尊さを感じることはありますか？

辻山　ふだんずっと店で、本と相対するようなことをしていても、じつは本にそんなに答えがあるわけじゃないなと思うんです。ただ、読むことで自分が耕されることは誰しもにあると思います。

本が自分を耕す。シンプルでいい言葉だなと思った。ここから私たちは読書談義になり、思わぬ方向に楽しい寄り道をすることになる。

スマホを置き忘れて帰った日

辻山　ショーペンハウアーは著書の『読書について』（光文社）で、〝読書は他人の頭で考えるものだから、あまりそれに縛られることはよくない〟と、繰り返し自分の頭で考えることの大切さを説いているんですよ。

――ちょっと意外な指南ですね。

辻山　ね。本に乗っ取られることなく確かな自分を育てようという意味でしょうが、やはり、それでも、本を読んで誰かの考えや体験に触れて感じることが、その人の考え方を育てることになる。なにか新しいものに出会ったときに見る解像度が、ちょっと濃くなると思うんです。

――辻山さんは、いつ本をお読みになるんですか。私はいつもスマホに時間をからめとられがちなので、昨日の日曜はスマホをわざと家に置いて、本だけ持って喫茶店に行きました。

辻山　わかります。僕はいつも寝る前に読むんですが、一昨日スマホを店に忘れてきたのです。すると、家ですごい本が読めた(笑)。

――以前、通勤を読書にあてたいという理由で、三浦半島から片道2時間かけて銀座に通っているという人に取材しました。始発から座って、往復4時間。半年で全集を読み終えたと。読書のためにそういうライフスタイルを選ぶ人がいるんだという衝撃と、絶対真似はできませんが、強い憧れを感じました。

辻山　本を読むという目的で設《しつら》えられた喫茶店もありますものね。本となかなか向き合えないような世の中でもあるので、そういう場所が作られるんでしょうね。

――ところがスマホを置いて本だけ持って街に出ると、いろいろ困るんですよ。サブスクでもらう花や、ドラッグストアのクーポン。全部スマホがないと受け取れない。だから昨日は、そういう用事を全部済ませて、わざわざ家にスマホを置きに帰りました。

読書に集中するのもひとつの行事みたいで、私、いつから本と向き合うのが、こんなに難しくなっちゃったんだろうって……。

辻山 ほんと、いろんなものに接続されてるんですよね、勝手に。スマートフォンはその最たるもの。たとえばポイントとか、使っていたアプリやソフトが知らない間に変わっているとか。自分が主体になれない。

――たしかに。機械に自分が合わせてる。

辻山 たとえばポイントが使えるからこの店に行こうって、それは自分の考えじゃないですよね。主体的でいるつもりでも、勝手に気持ちが持っていかれたり、何かしらに引っ張られたりということが多い。本のいいところは、自分が主体になれることなんです。

――自分から開かないと、何も進まない。

辻山 そう。その場、その時間は、本と自分だけでいられます。

辻山さんの話を聞きながら、ああ、だから私はコロナ禍に長田弘さんの詩集に心をつかまれたのだとわかった。

仕事が急に止まり、手持ち無沙汰になったが、コロナの情報ばかりが流れるものはもう見たくない。そんなとき、たまたま人に教えられた長田弘さんの詩集に心が大きく揺れ、次から次へと。テレビやスマホの鳴らない家で、詩と自分だけになれる、行間まで堪能するような不思議な時間で、以来コロナ禍の3年間、小さく救われ続けた。

「コロナのざわめきのなかで、ひとりになりたいとか、自分に戻りたいという感覚がそのときの大平さんの状況に必要だったのでしょうね。長田さんが繰り返しおっしゃっている〝私の好きな孤独〟のように、結局そういう時間が自分を育てていくのかもしれません」

本は、状況に応じて、欠けた自分の心を繕いも、励ましもする。聞いていると、じわじわと実感が増す。——読書って最高じゃないか！

積ん読にも意味がある

辻山　大平さんもご著書で「待つこと」について書かれていましたけれど、哲学者の鷲《わし》田《だ》清一《きよかず》さんの『「待つ」ということ』（KADOKAWA）という本は、別に結論もないし、エッセイなのか思想なのか、ジャンル分けしがたい。人を待つ、電話を待つ。いろんな「待つ」という行為を題材にしているんですが、わりと腑に落ちました。どこか文学的でもありますし。読んでいる間《ま》も、気持ちいいんですよ。

——難しい本ですか？

辻山　そんな難しくないです。本は、これを知りたいから読むとか、今日読んで明日役に立つというものもありますけれども、私はなにかそれとは違う、「生きる」ところに誘っていく、そういうものに惹かれますね。

——すぐには役立たないけれど、再読のたびに発見のある本が私も好きです。池田晶子さんが亡くなる直前まで書かれた『暮らしの哲学』（毎日新聞出版）がそうで。新緑の季節を「五月、世界は青年だ」と。昔読んだときはピンとこなかったのに、今は、心にしみてしみて。新緑は人生の青春なんだと、5月が来るたび思い出します。これ、年齢のせいでしょうかね。

辻山　私も新緑は昔からきれいだなと思っていたけれど、そのきれいさのなかに二度と戻ってこないとか、そういう精神性をこめて眺めるようになったのは最近です。

——私は今58歳ですが、辻山さんは。

辻山　去年の12月で50に。

——私は40代半ばくらいから、人生は別れの繰り返しなんだなと実感することが重なり、新緑や枯れ葉さえも美しいと思うようになりました。二度と戻らないものがあると知ったから。いまだに歩きながら、生きながら、池田さんの本のメッセージを感じています。

辻山　そうなんですよね。同じ本でも、響く部分はそのときによって変わりますし、わかったなってそのとき思っても、あとから、いやわかってなかったとか。たぶん、本当にわかるって一生ない。でもその時々の気づきを支えに、生きていけると思うんです。

――私は、古本屋に売った本を何年後かに自分で買ったことがあって。忘れてるの、読んだことを。

辻山　ははは。再び買うくらいだからやっぱりどこか惹かれていた部分もあったけど、売ったときはわからなかったんでしょうね。

――はい。奇跡だなと思いました。

辻山　よく言うんですけど、積ん読ってやっぱりすごくよくて。

――え、そうなんですか。私は積ん読の本がありすぎて、罪悪感を抱いていたのですが。

辻山　買うとか、置いているというだけで、もう本と自分の距離は近いんですよ。だって買わない本が99%。その中から選び取っているわけですから、買うときになにかを感じているんですね。でも、読む切実さが自分にない。置いとくだけでもなにか発していたりする。いつか手に取るかもしれないし、別に全部読まなくても一行だけすごく響いたっていうのがあれば、それが自分とその本との関わりになります。

――その本と近くなる。

辻山　はい。うちの店の本も全部読んでいるわけじゃないし、私にとって巨大な積ん読です。これおもしろそうだなって入れた本を、読みたい気持ちがいつか芽吹くかもしれないし、自分にその時がくれば自然に手に取るようになる。それを待っている状態とも言えます。

〝辛くて寒々しい季節〟の価値

辻山さんは、自宅で猫を3匹飼っている。朝起きると、コーヒーをドリップしながら「ぼけーっと」する。猫が寄ってくると、なんとなく呼吸を合わせるように手を差し出したり、足の間をくぐらせたり。

特別な意味もない。言葉で説明のできない時間。余白のようなそれが、一日には必要で、自分の中に水が満ちるようにたまっていく。

「そういう時間があるから自分が自分でいられる。その人を成り立たせ、支えているのだと思うのです。誰にも頑張りどころはあるけれど、効率や経済性だけを考えて、一日に意味ばかりを詰め込むと苦しくなります」

――そういう余白の時間がないと、辻山さんはどうなるんでしょう。

辻山　ちょっと踏みとどまれないというか、自分の望まないところにいってしまいやすい。それは、自分らしい仕事ではなくなることにもつながります。

そのような暮らしの間《ま》が巧みに映し出されているのは、小津安二郎監督の映画作品だ。20歳の頃から、大好きだったという。兵庫から東京の大学に進んだが、たまたま受かった政経学部の授業が肌に合わず、山登りのサークルと名画座にばかり通っていた。

――当時、孤独感はありましたか。

辻山　孤独と言えば孤独でした。たとえば小津映画の間《ま》やテンポ、空間、目に優しい感じが好きで、いいものだな、自分の好きな世界はここにあるなとはわかる。でもそ

れを自分の表現としては出せない。何をやっていいのかわからないのです。

――生きづらさというのは。

辻山　感じていました。就職も、周りは一流企業や給料でどんどん決めているように見えて、違和感があった。銀行に入りたいって言ってる人が、別にお金数えるのが好きそうでもないし……。

――私自身もそうですし、たくさんの人を取材してきて実感するのは、人生でさまよった時間のある人と、ない人では違うなあと。

辻山　なるほど。たとえば今だとSNSをずっとひたすら見続けてる状態っていうのかな。答えがすぐそこにあって、次々出てくる。それって氷山の一角で、塊が見えてないという気がするんです。さまよう時間があったから、表に出てない部分の価値が、まあまあわかるようになる。

――あっちに頭をぶつけ、こっちにぶつけてまた戻るみたいな時間が、何かを耕しているってことありますよね。それこそうまく言葉にできないんだけど。

辻山　そのときはやっぱり辛いし、寒々しい季節なんだけど、それがないとやっぱり育たなかったなと思います。


彼はこのことに、大型書店を辞めて自分の店を開こうと決めてから気づいた。

21歳のとき、書店で『コルシア書店の仲間たち』（須賀敦子／著　文藝春秋）を手に取った。本の佇まいや舟越桂《ふなこしかつら》さんの彫刻のカバーに惹かれた。読むと、「きれいな文章だな」と心に留まったが、そのまま本棚にしまい込んで以来、就職を経て独立までの18年間、再読することはなかった。

「自分の店を作るとなったとき、ぱっとこの本が目に入ったんです。読み返すと21の頃とは見えてくるものが全然違った。それを、すごく大切に売ってたら、今も売れてるんです、この店だと。売上とか数字の世界だけを見ていると、なかなかわからないことがある。自分は氷山の見えるところで仕事をしていたなあと思いました」

18年前に読んだ本と自分の距離が、ぐっと近くなる。そんなことがあるのかと興味深く思った。客や作家が行き交うなかで、著者自身が育っていく様を描いた『コルシア書店の仲間たち』は、目標そのものというわけではないが、上で光り、進むべき道を照らしてくれる存在であると、辻山さんは語る。

何も起きないが、なにかかが起きている

この日、私は我が子によく読んだ古いマーガレット・ワイズ・ブラウンの絵本『きこえるきこえるなつのおと』（小峰書店）を持参した。彼もこの作家の『おやすみなさいおつきさま』（評論社）が好きだと聞いたからだ。

どちらもほとんど何も起こらない。ただ夜が更けていき、ただ蛙や雄鶏や子羊やつぐみが鳴く。辻山さんは彼女の描く世界を「自分が生きている感じに近い」と言う。

「何も起きないんだけど、でもなにかは起きてるんですよね。毎日の繰り返しってどれも似ている。昨日と今日。今日と明日。似てるけど、ちょっと違う。昨日よりもちょっと今日は曇ってるとか。蟬の音が聞こえ始めたとか。いろんな本を読んだり、人生を経験していくなかで、不思議にそれが喜びになっていくんですよね」

そこまで言うと、彼は頭をかきながらつぶやいた。ああ、今日は頭を使ったな。うまく言葉にできなくて……。大丈夫かな。原稿になります？

ささやかな移ろいの喜びを知っていること自体が素敵なことなのだと、私は解釈した。いいのだ、この対談には正解がない。

意味があるのかないのかわからないような日々だとしても、なにかが育つ。積んでおくだけの本が、自分の下支えをしてくれる。

そして、本のように、今わからなくても別のタイミングでわかるときがくる。自分の心も相手の心も。

書店を出るとき、力がすうっと気持ちよく抜け、ああ、ずいぶんちぢこまっていたのだなと気づいた。

対談11 ―― ニットデザイナー 三國万里子

世界はなんて広いんだ。ひとりぼっちがたくさんいる！

三國万里子（みくにまりこ）

1971年生まれ。3歳で祖母より編みものの手ほどきを受け、多くの洋書から世界のニットの歴史とテクニックを学ぶ。「気仙沼ニッティング」及び「Miknits」デザイナー。著書に『編みものワードローブ』、『ミクニッツ 大物編／小物編』（ともに文化出版局）、『うれしいセーター』（ほぼ日）、『編めば編むほどわたしはわたしになっていった』（新潮社）など。最新刊は4年ぶりの新作作品集『またたびニット』（文化出版局）。X @marikomikuni

撮影／吉田周平

ニットデザイナーの三國万里子さんと、東京都現代美術館のカフェでお話をした。

天井が高くて明るく、横長の窓が額《がく》のよう。中庭と空を眺められるのびやかな場所で、互いに「こんな素敵なスペースがあったなんて」と驚き合った。

「美術館って、観終わるとおなかいっぱいという感じで、あまりカフェで休まないんですよね」と三國さん。

「私もです。それに仕事の合間に駆け込むから、いつも余裕がなくて」

そこから、ここで観た石岡瑛子展の話になった。コスチュームデザイナーでアートディレクター。圧倒的な素晴らしさなのに、私は閉館間際に駆け込んだために時間切れに。だから二度足を運んだ。どちらもカフェに立ち寄るエネルギーが、いい意味で残っていなかった。

三國さんが言った。

「私も観ました！　素晴らしい構成の展示だった。とくに会場の最後にあった、石岡さんが18歳のときに作った絵本に、ぐっときました」

『えこの一代記』という素朴だが、信念が伝わる力強い作品だった。

「どんなに言葉を尽くしても、あの空間に置かれた絵本から受けた心の震えを、今ここで的確に説明し尽くすことは難しい。でも言葉ってそういうものだと思う。私、言葉をあまり信じてはいないんです」

それを生業《なりわい》にしている私は、深く引き込まれた。

言葉だけでわかり合えるのは幻想!?

三國　私、高校のときに、「言葉で言い表せないものは、じつはないのと同じじゃないか」というような文章に、すてーんとつまずいて。しばらく考え続けたんです。そういう言い方ってなんかかっこいいけど、本当にそうなのかなって。それで、言葉って便利だけれど、事象とはどうしても等価にならないと思うようになりました。

――私は歳を重ねるにつれて、同じようなことを感じています。

三國　SNSの「いいね」も、「寂しい」という言葉も、気持ちとイコールにはならないですし。

――そのものの気持ちをぴったり言い表せてはいないですよね。

三國　言葉って、そもそもそういうものだというのを、出発点にするくらいがいいと思うのです。言葉でわかり合えるというのは、幻想なんじゃないかって。

――それで思い出したんですが、私は15年ほど前に、『見えなくても、きこえなくても。』(主婦と生活社)というノンフィクションで、1年かけて京都の山里に暮らす全盲ろうの妻とその夫を取材したことがありまして。夫は健聴者、妻は目と耳が不自由なので、触手話《しょくしゅわ》という手の振動と動きで読み取る、特殊な手話で会話します。

三國　はい。

――3人でいると、私だけが不自由なんです。触手話がわからないから。あのときの、言葉がなんの力も持たない無力感は印象深く覚えています。

三國　ああ、たとえば外国を旅するときもそうですよね。

――三國さんはふだん、言葉が100%伝わりきらないもどかしさを感じる瞬間はありますか。

三國　もどかしさというか、伝わらないものだという実感はあります。伝えるというのは言葉だけでするもの

でもないし、ひと言では表せない感情というのもありますし。ああ、そういえば昨日ね。

彼女は、たまたま歩いていた日本橋の光景を教えてくれた。

親切で寛容でいたいと思った理由

4月の平日の昼。

日本橋の通りの向こうから、社員証を首に下げたサラリーマンが一斉に、昼食のため外に出てきた。その瞬間、三國さんは不意に胸がいっぱいになり、ある想いが湧き起こった。

「私はこれから仕事でお付き合いするどんな人にも、できれば親切に寛容でいよう」

――どうして急にそう思ったんでしょう。

三國　あとから、なぜだろうって考えたんです。じつはうちの息子が大学院を卒業し、社会人になってまだ2週間で。至らない無力な一年坊主があああいう人たちに交じって仕事をして、大丈夫だろうかと。息子の姿と重なったんですね。

――私も同じような年齢の息子がいるので、想像すると胸に迫るものがあります。

三國　ふだんはね、おとなげなく、若い人に対して仕事でカチンとくることもあるんです（笑）。でも自分も昔はもっと未熟だったし、寛容でいたいなあとしみじみ思いました。そういう意味で、言葉で100％説明しきることはできなくても、自分の中を筋道立ててくれる助けにはなりますね。

彼女は、視覚から湧き起こる感情を、時間を経たあとから言葉で点検する。私は仕事柄か、すぐに言葉に置き換えて説明しようとする癖があるので、その時間差をおもしろく思った。三國さんの著書『編めば編むほどわたしはわたしになっていった』（新潮社）には、そういえば私にもそんなことがあった、あのときそんな切ない気持ちになったんだよなあと、深く共感できる場面がたくさんある。

誰もがきっと、忘れていた感情を代弁してもらったような、不思議な読後感を持つだろう。編み物のプロが、なぜこうも巧みで繊細、名人のようなエッセイを書けるのか知りたくてお会いしたのだが、その糸口が垣間見えてきた。

母の深い寂しさ

——ご著書に、大学卒業後東京でのフリーター生活を経て、スパッと秋田の温泉旅館に働きに行くくだりがあります。決断の早さに驚いたのですが、新潟のご両親は反対されませんでしたか。

三國　反対されました。電話で母は「幸せになってほしいから言うんだよ」と。私は、「幸せ」ってひと言で言うけど、それが指しているものはみんな共通ではないということを、必死に説明しました。

——あー、私もそう言えばよかったんだよなあ。

三國　え、大平さんはどうでしたか。就職のときとか。

——親から、地元の長野県の短大か大学に進学して、保育士か、学校の先生か、公務員か、どれかになれと言われて育ちました。それ以外の選択肢はないんだろうかと、ずっと悶々の連続でしたよ、もう。

三國　新潟でもそうだったと思います。公立の大学に行って公務員になるルートが最良とされる。

——三國さんはその後、東京に戻り、ニットデザイナーとして歩み始めるんですよね。私は社会人になってからでさえ、何かの会話の拍子に長野に帰ってきてほしいと、ちょこちょこ願いを差し込まれましたが(笑)、三國さんは?

三國　私と妹が実家を出たあと、母は、本当は深く寂しかったんじゃないかと思います。本来は繊細で内気な人なんですけど、夫婦だけになってから、軽自動車で街の喫茶店に出かけてそこの人と仲良くなったり、山の上にまた違う人が喫茶店を作ったと聞けば、行ってみたり。自分なりにネットワークを作るようになり、今では友達もたくさんいて、うらやましいような70代の日々を過ごしている。孤独を出発地点に世界を広げていったんでしょうね。

家族だから、すべてを言葉にしない。察するのに、何十年もかかることもある。私にも心当たりのある経験だ。

だが彼女はそんなウエットな感情とは異なる、こんな言葉をすがすがしく放った。

「それがよかったかはわからない。けれど、そうとしか生きられなかった。皆の気持ちをすべて受け止めたら、きっと進めなくなる、私は私の幸せを探すぞと思って生きてきた。だから、いつか息子が出ていったら、自分もきっと寂しいと思うけど、そのときはまた新たなチャンスだなと」

「ひとりぼっちが山ほどいる!」

三國さんには小学生のときから時々母に連れられて行く、大好きな楽しい場所があった。隣町の書店だ。

内田百閒《ひゃっけん》、中勘助、カルヴィーノ編纂の『イタリア民話集』、寺田寅彦。流行っている本より、

緑帯とピンク帯の岩波文庫が揃った渋い棚に、妙に胸をつかまれたらしい。そこで出会った本が、自分を作るための土台になっている。

三國　もうひとつ、10代の私の娯楽の最たるところは新潟市にある紀伊國屋書店でした。学期に1回、貯めたお小遣いをにぎって電車で1時間かけて行くんです。低くクラシック音楽が流れていて、ハードカバーのしっかりした作りの本や、美しい箱装の本をひとつひとつ見るのが楽しくて楽しくて。なんて素敵な空間なんだと何時間でもぐるぐるしていました。

――あったなあ、そういう街の人が大事にしている本屋さん。私も小学生の頃住んでいた松本で、いちばん好きな書店がありました。2年生だったか、誕生日プレゼントに買ってもらった詩集もはっきり覚えています。みつはしちかこさんの。

三國　詩集！　その一冊が、すっごく大事なんですよね。私は5年か6年の頃、熊井明子さんの『愛のポプリ』という本がどうしても欲しくて。たしか2千円くらいして、月500円のお小遣いを数カ月貯めて買いました。母に「大事にしなよ」って言われたのも覚えています。すごく嬉しくて何度も読んで。

――ポプリ研究家の。小学生にしてはちょっと渋いですね。

三國　めちゃめちゃ難しいんです。でも本はそれがいい。わからないページを開いたら違う扉が開く。消化不良なもの、わからないものがあるからこそ、もっと知りたくなる。おとなになったら、そういうものがもっとたくさんあるんだろうと楽しみになりました。

――簡単にわからない、片づけられないほうが楽しい。今になると本のよさがよくわかります。可能性って、世界が広がることだから。

三國　私は当初、自分の孤独しか見えていなかったけれど、大切そうに本を開くおとなを見たり、自分でもページを繰ったりするなかで気づいたんです。なんてこの世界は広いんだろう、ひとりぼっちが山ほどいる！って。

――そこだ！　その発見は大きいですね。

三國　大きいです、大きいです。〝みんな基本的にひとりなんだ〟という発見が、〝ひとりでも大丈夫〟という自信につながり、やがて確信になったというか……。

――なんか見えてきましたよ、三國さんの強さが（笑）。

三國　ふふ。そうですか？　だからひとりで秋田に行ったって、ひとりで東京に帰ったって、この先息子がどこかに飛んでったって、私は幸せに生きるだろうって。そう思えるんです。

――わからないことって、おとなになればなるほど貴重になる。この本の取材でも話したことがあるんですが、私、自分が売った本を、何年後かに同じ古本屋で買ったことがあるんですよ。

三國　え、本当に？

――そのとき、このままじゃやばいって思いました。自分の好きな傾向の本ばかり買ってたら、世界が広がらない。いいなと思って買ったけど、つまんなかったんでしょうね。で、またタイトルや作家に惹かれて同じものを買ってしまった。私はなんて狭いところで、うろちょろしているんだろうと。

三國　なんででしょうね。人も、似た人と付き合うようになる……。

――そうそう。だから、ふたつ決めたんです。同時期に別々の人から同じ本を薦められたら、それがミステリーであれ実用書であれ、理解できないものでもなんでも買おう。それから、サシ飲みしたら、相手に「人生でいちばん影響を受けた本って何？」って聞いて、それを買おうって。

三國　おもしろい！

――だって一生を変えるようなすごい本を、会った人の数だけ読めるってお得じゃないですか（笑）。ちなみに、最近、同時期にあちこちで名前が出て買ったのが、三國さんの本です。

三國　わ、ありがとうございます。わからないことのほうが、うん。嬉しい。たとえば、SNSって大勢の人たちにわかってもらえそうなことしか、基本、書かないですよね。

共感やわかりみもいいけれど、わからないことっていうのがやっぱり可能性で。何か、ようわからんけどかっこよくて、そこそこわかったなと思うと、また新しい世界の扉が開く。そういう楽しみが、言葉にできないものには、あると思います。

――いくつになっても、わからないことは尊い。

三國　はい。簡単には片づかないテーマを授けられると、未来をちょっと楽しみにできます。

自分を知るための言葉

折に触れ、〝言葉にできないことの価値〟につ

いて考え続けている。

三國さんの「言葉は万能ではないが、自分自身に納得できる説明をするために必要である」という思考は、とりわけ新鮮に胸に残った。

本はそういうときに役に立つものだったという実感とともに。

また、私は自分の想いを他人に伝えるために用いるのが言葉だと思い込んでいた。だが彼女は、自分を知るために用いている。なぜなら「自分というものは、そんなにわかっているものじゃないから」と。そう、あの交差点で突然降ってきた「これからはどんな人にも寛容でいよう」という感情のように。

途中、三國さんは「私の話し方、なんだか書き言葉みたいでごめんなさい」と、首をすくめた。たしかにどちらかといえば硬質だ。だが、不思議なことに、あとから対談の音声を聴けば聴くほど、ユニークな気づきがある。

私はそれをもっと味わいたくて、ひとりカフェに居残り、サンドイッチとコーヒーを追加した。

かつて、心の震えをうまく言葉にしきれなかった美術館の片隅で。

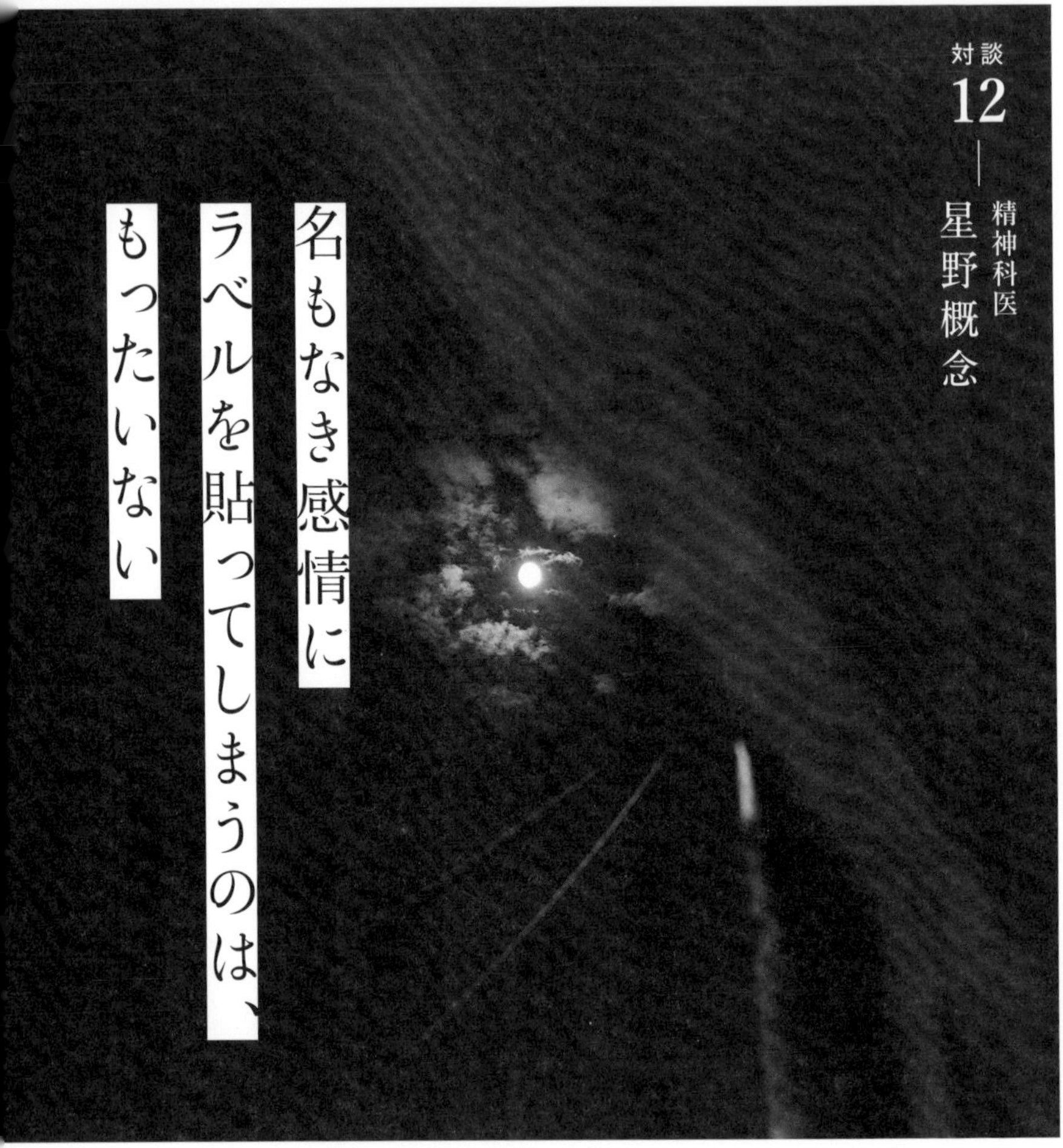

対談

12

精神科医

星野概念

名もなき感情にラベルを貼ってしまうのは、もったいない

星野概念（ほしのがいねん）

精神科医の仕事のかたわら、執筆や音楽活動も行う。著書に『ないようである、かもしれない』（ミシマ社）、『ラブという薬』、『自由というサプリ』（以上、いとうせいこうとの共著、リトル・モア）、『こころをそのまま感じられたら』（講談社）。『誰でもみんなうつになる 私のプチうつ脱出ガイド』（ハラユキ／著、KADOKAWA）は監修を担当。
X @gainenhoshino

撮影／衛藤キヨコ

言葉にならない感情について、やわらかで新しいヒントを次々指し示してくださったのは、精神科医でミュージシャンの星野概念さんである。

大学病院を辞めて訪問診療を志した理由、患者の生活の場で診療するから得た気づき、価値観を変えた一冊の本。

ゆたかな知見から紡ぎ出された言葉の数々に、私は大きく心を揺さぶられた。

「わけのわからない感情を、わざわざ名付けないで味わうほうがいいって僕は思うんですよねえ」

そんなふうに断言する人は初めてで、思わず身を乗り出した。

名付けないままに味わうよさも

——星野さんは、ご自分のプロフィールに「精神科医など」と、書かれていますが、この連載はまさに「など」みたいな、言葉にしにくいことの尊さに焦点をあてているので、はっとしました。是非このテーマでお話を伺いたいと思った次第です。

星野　すごく大事なことをテーマにされているなあと思いました。僕も同じように思っていたので。

きっと「など」の話に通じると思うんですが、たとえば認知行動療法では、感情は〝湧いてくるもの〟とされています。汗が止まらない、胃が痛いという体の反応と同じで、自分ではコントロールができない。で

も、湧いてきた感情をひと言で表すことで、コントロールしやすくなる側面があると考えられています。

——ほう。喜びとか怒り、楽しいとか。

星野　そうです。でも、自分でやってみると、表現できない感情がたくさんあるんですよ。言ってしまえば喜びなんだけど、なんかちょっと違う。

わけわかんないんだけど嬉しいみたいな、波動が高いというか、楽しそうな周波数というか。名付けられないなあって思うことが、すごくあります。

——星野さんが、九州のスナックで勧められて渋々カラオケを歌ったら声があまり出なくて、でも常連さんたちから「ナーイスバッティン！　ナーイスバッティン！」って意味不明に褒められた。その言葉や店の空気がカラッと明るくて、やたらに嬉しくなったというのを記事で読みました。あのエピソード、大好きです。私もあるあるです。すごくよくわかる。

星野　ははは、そうです（笑）。あのときもそうで、僕は、名付けることも大事なんだけど、かんたんに名付けないってことも大事だって気がしているんですよね。

――それはどうしてですか？

星野　名付けると、味わいが決まっちゃうのかな。自分は喜んでるって思うと、喜びの味わいになって、その器に収まってしまう気がするんです。自分の中から湧いてくる「なんだこれ」っていう感情を、名付けないまま味わうのは、とてもゆたかで、大事なことじゃないかと思うからです。

――曖昧でよくわからない感情こそゆたかだと。そう言語化された方は、この取材で初めてかもしれません。もう少し聞かせてください。

星野　文学や漫画や芸術は、それこそ喜びや悲しみと名付けずに、いろんな表現で感情を伝えてきましたよね。なんていうのかな、自分から湧いてくる感情はデジタルにできない。「喜怒哀楽」の間にあるものはこぼれちゃう。それはもったいないって思うんです。感情ってもっと複雑で謎のもの。それを感じるのはとてもゆたかなことだなと。

――ものすごく腑に落ちます。私の仕事は、そのこぼれ落ちたものをすくい取って見つめて、自分なりの慈しみ方で伝えることかも。だからこういう取材をしたかったのかもなあ……。星野さんは、精神科医というお仕事柄、それが早くからわかっていたんでしょうか。

星野　いいえ。気づいたのは30代後半。一冊の読書体験からなんです。

「こういう気持ちを、自分は大切にしたいんだ」

絶対読んでくださいと彼が薦めてくれたのは『断片的なものの社会学』（岸政彦／著　朝日出版社）である。友達に教えられて読んだ星野さんは、「自分の中のどこが共鳴しているのかわからないが、急に涙が出てきたり」して、心が震えたという。

早速読んだ。

不思議な本だった。フィールドワークで出会った人々の生活の一部分が書かれているだけなのだ。考察も論評もない。

市井の人と岸さんの邂逅《かいこう》。しかし、なぜか心にいい意味で引っかかる。心が揺れる。そんな断片的なエピソードが続く。

私は、市井の人の台所を訪ねる『東京の台所』という連載を10年続けているので、僭越《せんえつ》ながら勝手に近しいものを感じ、夢中になった。

星野　有名な人ではない、なんてことのない生活の一部を切り取っているだけなんですよね。なのに、なんでこんなになんとも言えない気持ちになるんだろうと。あ、これは僕が診療のときに感じているものに近いんだと気づいた。診療は、市井の人と会うわけです。いろんな話を聞いて、いろんな気持ちになる。でもまとめたり結論づけたりするのではなく、ああよかったなとか、そうかあと一緒に考える。そういう気持ちを自分は大切にしたいんだと、この本を読んであらためて気づかされました。

――読書は時々、そういうふうに自分が大切にしたかったことが言語化されたり、まだ知らなかった自分に出会えたりしますよね。

星野　でね、話それちゃうけど、大平さんの『それでも食べて生きてゆく　東京の台所』（毎日新聞出版）を読んで、僕、久々にそんな気持ちになったんですよ。これやばいです。岸さんの本を読んだとき以来の感動を覚えました。

急に自著の話が出たので驚いた。手前味噌ながら少々説明をさせていただくと、前述の台所の連載をまとめたシリーズの3冊目で、肩書も名前も住人の顔写真も出ない。台所から相手の人生を描く、ルポルタージュコラムである。

星野さんは、カバーを外し、折り目の付いた拙著を取り出した。

星野　じつは、今日も訪問診療を終えてきたところです。どんな方の家にも台所はある。でも、一度も注目したことがありませんでした。使ってなくても、使ってないならどう食事をしているのかと考える。どんな台所も生活と繋がってるんですよね。台所を軸に、相手の姿が感じられる。

読んでいて、涙が出てきたり、感情移入したり、ああこういう生活があるんだって思ったり。そういう感覚に、読書で久々になりました。

――ありがとうございます。今伺っていて、診療って、文学や演劇や芸術とかけ離れた世界だと思い込んでいましたが、訪問先で語りや暮らしから感じる隙間の感情を大切に、寄り添って傾聴されている。その行為は、自分が目指しているものと似ているなあと。先ほど「味わい」という言葉を使われたことがすごく腑に落ちました。

星野　僕がそういう感じ方を大事にしている、というだけなんですけどね。むしろ精神医学は逆で、相手の語りの中で、これは幻聴だとか抑うつ気分だとか、名前を付ける。そうするとわかった気になってしまう。そのことに僕は少し違和感がありました。

――違和感というのは？

星野　たとえば周りに嫌われている気がして辛いという人がいた場合、〝いや現実には嫌ってないですよ、それは妄想ですよ〟と、言いがちです。僕の印象だと、医学は簡単にしすぎる。そう思うに至った歴史や物語があるかもしれない。そこを聞くべきではないかなあと思うのです。

――星野さんも最初は、症状に名前をすぐ付けていたんですか。

星野　ええ。でも、嫌われていないのに、そう思い込んでしまう人の感覚を、僕自身は理解できていたのかというとわからない。

ならば、とことん教えてもらったほうがいい。そこからは、どうしたら共感できるだろうと考えるようになりました。一般的には、すぐ診断がつけられないのは、診断力がないということになっちゃうんですけど。だんだん、時間をかけてもいいのかなって思えるようになりましたね。

待つことの褒美という体験

――名前を付けずに曖昧なままでいるって、それがゆたかだとわかっていてもけっこう難しくないですか。

星野　そうなんですよ！　曖昧な状態って、居心地よくはないんですよね。すごくもどかしいし、ひとりで抱えるのは不安で心細い。そこを味わえればいいけど、そんなふうにいかないことも。僕は、誰かと話すようにしているかなあ。「なんかぐるぐるしちゃって」とか、「今は待つしかないよね」とか。何人かで抱えることで、曖昧さや不確実性に耐えていこうと。

――そうか。聞いてもらうだけでも変わるものですよね。

星野　結論を急ぐこともできるんだけど。でも無理矢理決めたことって、後々うまくいかなかったり、長く続けられなかったりするから。迷いはたくさんありますが、人に頼ったりしながら、時間をかけるようにしています。そのうち何かが変わるかもって。「いつか熟すかもしれない」と信じて待つ訓練をしている感じです。

――信じて待つって、いいですね。そう訓練しながら歳を重ねていけるのは、希望かもしれない。

星野　僕、日本酒とか発酵食品が好きなんですけど、発酵ってよくわからない状態だと思うんですよ。よくわからない状態なのに、お酒になったり味噌になったり酢にもなる。尊敬する杜氏《とうじ》さんも、見守るだけ。コントロールしないし、できるものでもない。発酵のような曖昧な状態でも、なにか湧いてくるんじゃないかと信じて待つ。おいしい酒ができるのを待つように。そんな曖昧な時間を、自分の日々の中でも味わえたらいいなあと思うのです。

――待つってのがまた、難しいんですよね。私は今、吃音の若者のノンフィクションを書いているのですが、最初の一音目が出にくい方や同じ音を繰り返す方がいる。取材当初は、待てずに先読みして「こういうことですよね」と言ってたんです。だんだん、それはよくない、お相手は待ってほしいと思っているということがわかってきて、10秒でも20秒でも待つようになったんですね。

星野　なるほどー。

――お酒の発酵に比べたら、桁外れに短い〝待つ〟というスパンの話なんですが、必ず待つ甲斐があるんですよ。話したいことがないんじゃない。周りが待たないだけ。すると、とても大事な言葉がこぼれたり、胸の内を明かしてくれたりして、待つことの心地よさを実感しています。

星野　とても興味深いお話だな。待ったらゆたかさがあるという体験を、ひとつでも知っていると違うんですよね。ちょっと待ってみようかなと思えるようになる。発酵も、何も起きていないようなところで微々たる変化が起きています。「ほとんどない」けど、「全くない」わけではない。この事実は心強いです。

曖昧な時間をはしょらない

――ご自身のふだんの生活でも、名付けられない感情の存在に気づくことはありますか。

星野　しょっちゅうです。料理はシンプルなものしか作れないけど好きで、なんだか野菜を薄く剝くことや、細く切るのがうまいんです。いい感じに切れると、なんとも言えず心地いい。俺、こういうのけっこううまいんだって、得意なものを見つけたり、こういう感覚が自分は好きなんだなと気づいたり。名もなき好きな行為に嬉しくなること、いっぱいあります。

――ああ、なんだかそう聞いたら嬉しくなってきた。きっと、どんな人にもありますよね、ラベルを貼れないけど嬉しい気持ちや小さな好きな瞬間を見つけて、気持ちが満たされること。

星野　必ずたくさんあります。そういえば僕は魚料理もたいしたものは作れないんだけど、友達に教えてもらってさばくのだけはできる。さばくと切り身にしますよね。切るのが好きだから、きれいにできたとき、すごく嬉しい。なめろうにだってできちゃうしね。

そういうささやかな気持ちが、日常のモチベーションになることって、生きていれば誰にもきっといっぱいあるんじゃないかな。

プライベートで酒蔵をよく訪ねている彼は、「いい酒は、工程をはしょっていない」と言う。本当に仕事も人付き合いも生きることも、発酵と同じだなと思った。大学病院で待っていれば患者さんが来てくれるところを、家に足を運び、趣味の話を聞いて帰る。直接診療には関係のない曖昧な時間に、ときどき発見をもらうことも。

私もふだんの取材後に30分、〝あそび〟の時間を設けている。撮影やインタビューがいったん終わる。ノートをパタンと閉じて鞄にしまうと、「お茶でも」と取材相手もリラックスして、案外主題に関わるような大事なつぶやきがこぼれることが多いからだ。だからといって、毎回発見があるわけではない。でも、なんに使うでもない曖昧な30分を大事にしている。そこからなにか具体的に生まれなくてもいいのだ。

発酵は一見、何も起こっていないように見える。でもよく観察したら、ある日プツプツと泡が生まれたり、香りが変わったり、質が少しずつ変わっている。

彼が、何気なくつぶやいた。

「どんなことも毎日も、何もないんじゃない。小さな変化がきっとあります」

その後、対談はこんなふうに終わった。

星野 たいていはそんなすごいことは起こらないんだけど、すごく時々、なにかあるのが人生という気がします。

――私もその、「すごく時々」を信じていたいです。

言葉にならない、なりきらないものをテーマに据えて本当によかった。なぜなら、その尊さを明確に実感できたからだ。

人生は記念日以外の日がほとんどだけれど、何もないわけじゃないと教えてもらった。

曖昧は、自分が発酵する大事な時間。おいしい酒ができるまで、名もなき感覚を味わい抜こう。

対談13 ——ライター 石井ゆかり

感情が自分の真ん中にちゃんとあるか

石井ゆかり（いしいゆかり）

独学で星占いを学び、2000年に星占いサイト「筋トレ」を立ち上げる。雑誌やウェブサイト等で星占いの記事やエッセイなどを執筆。2010年刊行の「12星座シリーズ」（WAVE出版）は120万部を超えるベストセラーに。著書に12星座別の年間占い「星栞」シリーズ（幻冬舎コミックス）、『青い鳥の本』（パイ インターナショナル）、12星座別「3年の星占い」シリーズ（すみれ書房）ほか多数。

公式サイト【石井ゆかりの星読み】https://star.cocoloni.jp

撮影／黒川ひろみ

編集プロダクションから独立してまもない頃。不安が膨らんだりしぼんだりするなか、知り合いのフリー編集者から「いい星占いがあるよ」と教えられたのが、石井ゆかりさんの「筋トレ」というサイトだった。「いい占い」とは、今思えばずいぶんふわっとした言い方である。

今回、石井さんにお会いして、それは彼女がIT系企業を退職後、独学で占いサイトを開設してまもなくで、現在の多忙を「微塵《みじん》も想像していなかった」頃とわかった。携帯電話のネット接続サービスはまだなく、私は仕事の合間にパソコンでむさぼるようにして読んだ。それは24年経た今も変わらない。

きっと全国にそんな読者が無数にいることだろう。

魅力は、理知的な文章と、自分を肯定してもらうような、距離を置いた客観的なあたたかさである。

現在、書籍の累計発行部数が500万部を超える。肩書は当初から変わらず「ライター」で、「占い師」ではない。仕事へのこだわりと矜持《きょうじ》は後述する。

いつものように、なぜこの曖昧模糊とした、一見わかりにくいテーマの対談をお引き受けくださったのかという問いかけから対話を始めた。

「いただいたテーマが、自分がやっていることと、それほど遠くないかもしれない、と思ったからです。他の世界でもそうだと思うんですが、占いの世界には、定型文が多いんです。たとえば、運がいい・悪いとか、ラッキーカラーとか。表現の型みたいなものがあって、受け取るほうもそれを期待しています。そこを、私はもっと違う言い方ができないかなとつねに考えていて。いいか悪いかだけでは捉えきれないこともあると思いますし、そもそも〝運〟という言葉の意味も、わかっているようでわからないんです。じゃあ運でなければ、なんと言えばいいだろう、とか、そういうことが私の仕事なので、この対談のテーマに、通じるものがあると思いました」

彼女の占いには、「こうすればよくなる」「こういうことを大事にして」というような助言がない。たとえば、今日の私の蠍座（スマホで見られる無料版）は、〝ガンガン栄養補給する感じの日。元気になれることをすべてやる！的な〟。

星の動きから読み取れる現象を書いているが、行動の指示はしていない。だから心地よかったのかと腑に落ちた。

「運」のように自分がわからないものは用いない。確かな言葉だけを探って探って手繰《たぐ》り寄せる。彼女の語りはどこまでもロジカルだった。

「グッド」「善」であることを自分に求めすぎる空気

――運がいいとか悪いというのは小さな子でも使います。でも言われてみれば、たしかになんなのかよくわからないですね。

石井　運がよかったからうまくいったんだという考え方もあれば、自分が頑張ったからだと考える人もいますね。

――石井さんの占いの根っこには、もしかしたら、それは運じゃなくてあなた自身が頑張った結果かもしれないよ、今弱っちゃっているのは運のせいなんかじゃないよみたいに、肯定や励ましたいという気持ちがあるんでしょうか。

石井　どうなんだろう……。というか今、なんでも〝いい〟って肯定しなきゃいけないような雰囲気がありますね。皆、自分はグッド、あるいは善でなければならない、というプレッシャーがある。自分はこのままでいいのか、とか、自分の仕事には意味があるのか、あの人の仕事のほうが意味があっていいとか、今日寝てていいのかな？（笑）とか。そしてグッドや善でないと、直さなきゃいけないと思ってしまう。私はそれは違うんじゃないかと思うんです。

――私は市井の人の台所を訪ねるフィールドワークみたいな仕事を11年続けているんですが、「自分はこれでいいんだろうか」と悩む人が、コロナのちょっと前頃から確実に増えたという気

がしています。

石井　ああ、そうなんですね。

――本当に皆それぞれに頑張って生きていると思うので、〝いいんですよ、あなたはそれで〟と、私はついカウンセラーでもないのに言っちゃうんです。すると泣き出す方もいて。もう取材どころじゃないの（笑）。

石井　うんうん、もうカウンセリングですね。

――ここ5年ぐらいかな、相当料理も育児や仕事もできているのに、「自分はできていない」と責めてしまう人が増えた。なんでだろう、と。こんな少ない実例をもって時代がどうのとは言えないのですが、占いではそう感じることはないでしょうか。

石井　公式サイトで、毎月一名の個人占いを公開しているんですが、今はご質問が妙に、ふわっとしているんです。切迫感のある相談はわりと少ない。漠然とした不安を語った上で「これでいいんでしょうか？」というような内容が多いですね。

――石井さんは私よりひと回り近くお若くて、バブルの80年代もぎりぎり知ってらっしゃると思うのですが、あの頃ってみんなもっとガツガツしていませんでした？　こんなにモヤッとしてなかったというか。

石井　なんか、みんな自信満々でしたよね。

――（笑）なんの根拠もないのにね。経済の低迷は影響あるだろうけれど、なんにつけても今は、個が自信がない。誰かに肯定してほしいという気持ちが強い。この対談の元は「日々は言葉にできないことばかり」という連載企画で、たとえば切ないとか寂しいという感情は、そんな悪いものではないよねという発想から始まったのです。多くの人が孤独や寂しいと思うことを隠したり、ネガなこととして捉えすぎている気がしたので。SNSで「いいね」をもらう人が善でも、そうでない人が「かわいそう」でもないわけで。

わざわざ言葉にしなくてよいものがあった

石井　不思議ですね。〝切ない〟、〝寂しい〟を歌った歌はいっぱいありますよね。みんなそれを聴きたがる。絵だって幸せそうな絵ってあまり思い出せない。モナ・リザだってちょっと寂しそうな表情をしているし。でもかつては、その寂しさが素敵だってわざわざ言わなくてよかったはずなんです。

――なるほど。言葉で説明せず、味わうものだった。

石井 秋の海や、木の葉が落ちる光景を見て感じる気持ちをみなそのまま大事にしてきたと思うのです。わざわざ、その気持ちを大事にしたいよねと言葉にはしてこなかった。

――そうなったらもうあなたは日本人じゃない、くらいに(笑)。

石井 外国だってシャンソンもあるし、たぶん人間は寂しさや悲しみを大事に生きてきたんです。でも今は、そういう想いについても、いいとか悪いとかジャッジをするようになった気がします。その想いが私の人生にプラスになるかとか、これは前向きなのか後ろ向きなのかとか。感情に値付けをする。

――言葉にできないことばかりだから人生はおもしろいし、そこからたくさんの文学や音楽や絵画・演劇が生まれ、芸術が育ったんですもんね。とはいえ、ジャッジメントということでいうと、占いのお仕事では、いい悪いと書かねばならない場面はありませんか。

石井 〝今日は楽しいでしょう〟、〝望ましい方向に行くでしょう〟は、言えます。でも〝よい方向に行く〟は、言いたくないですね。

――どうしてですか。

石井 本当にその人にとってよいかどうかわからないからです。そのとき嬉しいと思えることでも、後になって「あれは間違っていた」ということはたくさんあります。ある出来事が自分の人生において本当に「よい」ことだったのかは、たぶん死ぬまでわからないのかもしれないですよね。それを「よい」と言ってしまうのは、不正確というか。じゃあどう表現すればいいのか、となりますが、私にはまだそれがわからないんです。全然勉強が足りないし、考えも足りない。

じつは石井さんの占いは、〝ふわっとしている〟と言われることも少なくないのだという。肯定や否定でないと、受け取る側はキマッた感じにならないから、〝ふわっと〟という表現になる。だがその〝ふわっ〟には、〝正確に誠実に〟というゆるぎない矜持が内包されている。

感情が真ん中にあるか

石井　私の父が落語好きで、幼い頃、よく聴いていたんですよ。

――へえ。寄席がこの近く（対談は東京・浅草、隅田川のほとりで行われた）にありますが、来ましたか？　ご出身は東京で？

石井　6歳までは東京で、そのあとはあちこち引っ越しました。この辺はお正月のお参りによく来たので、懐かしいですね。寄席にも連れてきてもらったことがあります。落語にはいろんな人が出てくるんですが、この人はいてはいけない、という扱いはほとんどないんです。与太郎（愚鈍とされるキャラクター）でも誰でも。そんなふうに、昔の人は自分のありようのままに、バンとして生きていたと思うんです。

――バン、と。

石井 私は青森に住んでいたことがあるんですが、津軽弁の世界ではオノマトペが独特な使われ方をする気がします。半ば傲慢なくらいに、ドシッと構えているっていうような意味だと思います。自分の感情の真ん中で生きていて、〝自分はこうだ〟ってバンッとしている、そういうイメージです。

――今は、自分の感情が真ん中にないのかもなあ。バンとして生きるのって、難しいですよね。なんで昔はできたんだろう。

石井 性に合わないから別れたのよとか、やめたのよとか、〝性に合わない〟っていう言い方よくしてましたよね。でも今は、〝ほんとに別れて正解だったのかしら〟と、どこかにある答えを求めようとする気がします。……たぶん、映像や字などの情報がありすぎるからなのかもしれません。情報からくる正解に、自分がついていけているかが気になる。

――速さも関係あると思いませんか。今、音楽のイントロが短くなったって言われるでしょう？　待てないから。性に合わなかったって思うまでには時間がかかると思うんだけど、もやもやしていたら早く答えを知りたい、正しい選択をすぐ知りたいという気持ちが強くなっている気がします。

石井　うんうん。なんか、時間が妙にないですよね。自分でもユーチューブだと、いらないところ飛ばしたくなっちゃいますし。

――私も！　見たいところだけにしようって。

石井　でも映画だったら、この映画を観たいなと選択するところから始まって、出かけて、座って、いらないCMもいっぱい観て（笑）、準備時間が長い。でも、それがあるから、2時間も気合い入れて観られる。準備がなかったらいきなり、その世界に入るのは難しいかもしれません。

――だからとりあえずサビだけってなるのかー。

石井　音楽のイントロが省かれるのは、味わおうという気持ちを作る準備がないから、そもそも入れない。だったら飛ばして聴こうとなるんでしょうね。

私には「バンとしている」という言葉が、心地よく胸に響いた。バンとするには、自分の中で答えが熟すまでの準備時間が必要だろうし、そうやって出した答えは人のせいにできないので、あまり後悔しないのではないか。

彼女の母や祖母が使っていた津軽弁は、「ジャッジをしない」という占いへの姿勢を理解する大事な糸口になった。

そう、自分の答えは自分で探すものだ。

いつもバッグに携える本

――先程まだまだ自分は勉強中だとおっしゃいましたが、言葉を磨くためにどうやって語彙を増やしていますか。

石井 もう読むしかないですよねえ。積ん読だけで、なかなか読めていないんですが。

――ですよね。私も同じです。東京・荻窪でTitleという書店をやってらっしゃる辻山良雄さんと、この本の対談でもお話ししたんですが、何万冊もある中から選んだというのは、その本と何らかの縁があるということ。いつか読むときがくるし、積ん読だけでも意味があるんですよと言われてすごく救われました。

石井 ちなみにカバンの中にずっと入れとくだけで読まないのは、運《はこ》ん読《どく》っていうらしいですよ。

――物は言いようだな（笑）。ずっと入れてると汚れちゃって、一ページも読んでないのに読み込まれてる風に見えるやつね。

石井　帯が破れちゃってね（笑）。

――今日は愛読書を持ってきていただきました。それが『中国詩史』（吉川《よしかわ》幸次郎／著　高橋和巳／編　筑摩書房）と池波正太郎の『剣客商売』（新潮社）で、とても驚いたんですが。

石井　愛読書っていうか、『中国詩史』は最近読み始めたものなんです。私、学者さんが熱く書いている本が好きなんです。俺は言いたいことがあるんだというパッションが伝わってくる本。中国では歴史的に、詩がとても、位が高いんです。昔の中国では、官僚とか偉い人もみな詩を書けることがベースなんですね。

――文化度が高いなあ。

石井　今はちょっと違っていて、小説がメインらしいです。西洋の昔の文学では「神様」というものが絶対的にまずあって、超自然的なこと、形而上学的なことが大切にされますが、中国の詩の世界ではあくまで「現実」が中心なんです。現実の人間をものすごく書いている。友と別れて寂しいとか。

――その頃の詩はフィクションではなくノンフィクションなんですね。こちらの池波正太郎さんのはだいぶ読み込まれているようですね。

石井　お酒を飲むときに読む本です。知っている話でないとわからなくなるんで（笑）。池波正太郎はずっと好きで、この六巻も繰り返し読んでいます。

――私も、店で飲みながら読むことがあります。持っているだけで安心する薬みたいな、いつも同じようなやつ。まさに運ん読ですね。今日もバッグに入ってる。

石井　私もそう。『剣客商売』は運ん読ですね。

書き続ける根底にあるのは怒り

――石井さんは毎日や毎週、毎月、毎年の占い以外に星座ごとに書籍12冊を毎年書かれています。簡単には旅行も行けないでしょうし、私の仕事のようにまとめて先にやっておいて後で休むということもできないかと。それでも精力的に続ける執筆の動機とは何か。……って、それ聞く前に、ちゃんと休めてますか？

石井　今年の書籍は、書いても書いても終わる気がしませんでした（笑）。ずーっと、崖に爪を引っかけて登り続けているイメージです。昔は旅行もして、マニラに1カ月滞在してそこで書いたこともありますが、今は旅もできませんね。

――私は10時から20時頃まで書く生活ですが、石井さんは。

石井　私も19時か20時に終えて、それから1時間歩くようにしています。仕事場から自宅まで。1年かけてウォーキングとアブローラーで10キロ痩せたんです。

――10キロはすごい！！

石井　アブローラーは、最初は5回もできなくて。腹筋鍛える前に腕が痛くなっちゃって（笑）、まずそこからかと。今は1日50回くらいしています。

――ものを書く仕事って、どうしても座ったままですもんね。知っている作家の方も、走ったりキックボクシングをしたり、わりと規則正しく生活をして運動している人が多い。あれは、長く書く体にするために必要なルーティンなんですよねきっと。さて、石井さんの、書く仕事の動機とは何でしょう。

石井　たぶん、怒りが根底にあると思います。

――ああ同じです。私も怒りや違和感が根底にある。

石井　そうですよね。なにか言いたいことがあるというのは、半ば怒っているということですもんね。

――書く仕事って、伝えたいことがないと、とてもこんなしんどいことやっていられないと思う。一回二回は書けても、続かない。

石井　かつては自己責任論に対して、そうじゃないだろうという怒りがありました。今は、怒りの向かう先が、少し変わってきたかもしれません。今は「被害者性」ということが気になっているかも。誰もがなにかしらの被害者であり、傷ついている。そこに対して、自分はどう書いたらいいんだろうというのは、考え続けています。

――何も失ったものがない人などいないなというのは、私も様々な取材をしていて感じます。

石井　はい。ハラスメントもありますし、客観的に見て加害者側であっても、自分は被害者だと感じている人もいます。

――書く仕事にはいろんな入り口があって、たとえば私は暮らしから書くことが多く、石井さんは星占いという入り口から。それぞれがそれぞれの持ち場で、自分なりの言い方で自分の命題を伝えるしかないんだなと思うのです。私はすごく大きく言ったら、命の重さや平和というものを伝えたい。

あるとき、台所を切り口に、沖縄が戦争によって暮らしを壊されたことを書いたとき、ジャーナリストの方から、こういう書き方では伝わらない、もっと大平さんらしくおばあの言葉で書いてほしかったと指摘されたのです。

石井　はい。

――最初はカッときたんですが、原稿を読み返すとどこかで聞いたことのあるような、誰かが書いたような借りてきた言葉ばかりだった。自分の言葉を見つめ直したときに、芯に何があるか、私は何を伝えたいかを明確にしておかないと自分がブレるなあと実感しました。何回かは耳当たりのいいような言葉でまとめることはできるけれど、そんな小手先のことでは長くは続けられない。

石井　もちろん、たくさん書き手がいるわけで、何を書いても誰かのものと似てしまうというのはあると思います。それでも、基本的には「みんなこう言ってるけど、自分はそうは思わない」という想いこそが、書く動機なんだと思います。

占いを書き始めたのも、「蟹座は母性的」と言われるけど、自分にはしっくりこない、だったらどう言えるのか？というあたりが、動機だったんです。今なら、たとえば「何でもいい悪いとジャッジするのは、どうだろう？」という想いが動機になるとか。

——ちなみに占い以外の発信はどうされていますか。

石井　エッセイを時々書かせていただいてます。SNSもいろいろやっていますが、ツイッター（現X）は2年前にやめました。始めた頃と空気が全く変わって、たとえば大きな事件が起こると「意見を言わないんですか？」と詰問されたりするようになって。私は感情的にパッと反応してしまうほうなので「これは、続けていたらきっとなにか、無責任なことを言ってしまう、殴り合いとかになってしまう」と思って（笑）。

——そんなことが！　たしかにSNSは言い方ひとつで、簡単に殴り合いになります。

石井　私はいい歳をして本当に世の中のことを知らないので、勉強が必要なのです。

——中国詩史から池波正太郎から、とてもそうは思えませんが。

石井　いえいえ。全体に今、星がこうで世の中がこうだからと書くとき、戦争の話にも触れることになるし、戦争のしくみをある程度でもわかっていないと書けない。だから今なんか、国際紛争の教科書を読んでます。経済、政治、人の生活等、なんでも知らなきゃいけないのに、何も知らないんです。焦燥感はつねにあります。

――歳を取るって、自分が何も知らないなということを知ることですよね。

石井　ほんとですね。何もかも知ることはできないとして、じゃあ自分としてはどういうふうに知識を持つべきなのか、いつもいじいじ悩んでます。コンプレックスです。

――そういう不安は誰にもあるんじゃないでしょうか。

石井　人間の暮らしって、本当に社会的なものですよね。自分だけの、個人の問題だと思っていても、じつは外の社会からガッチリ影響を受けているし、振り回されている。占いを書くときも「2008年に冥王星が動きました、そこでリーマンショックが起こって」と語るには、リーマンショックとは何かがある程度わかっていないといけない。その都度慌てて勉強して、という感じです。いつも、私の知識はあまりにも足りてない。

――私は崖を登りながら、書きながら、つけ焼き刃の知識でこなそうとしている自分に気づいて嫌になるときがありますが、石井さんは、前に進めなくなることは。

石井　うーん、今あまり我に返らないようにしているんです。振り返ったら、〝こんなんじゃ全然ダメじゃん〟って前に進めなくなるから。眼の前にある対象物に集中して崖を登り続けている感じです。

書ききれなかったが、アガサ・クリスティー、宮沢賢治、田辺聖子、小林一茶と、文学ひとつとっても話は多岐に広がった。しきりに「まだ力不足」「知識が足りない」と語るが、仕事がこれだけ軌道に乗っていて、何がどれくらい足りていないか自分に厳しく向き合い続けている人はどれだけいるのだろう。

否定も肯定もしない。ジャッジをしない。

いちいち感情に値付けをしなくてもいいという言葉は、心のもやもやを考える、答えのない対談集の最後を飾るのにふさわしい金言だ。

彼女と話して、映画館に行きたくなった。ワクワクしながら何を観るか決めるところから、心の準備は始まる。

サビだけ抜き取る生き方はつまらない。もやもやや切なさや寂しさを一冊を通して考えること自体が、意味がある準備の時間ですよと言われたような気がした。

おわりに

本文でも触れているように、劇作家・三浦直之さんと別のテーマでお話しした折、彼がふと漏らした「名指せない感情」というひと言から、この対談集は生まれた。

「たしかに、寂しさや切なさって、悪い感情じゃないですよね」

三浦さんがお帰りになった後、自宅リビングのちゃぶ台で、「北欧、暮らしの道具店」の連載担当者・津田麻利江さんとなんとなく話した。企画にという気持ちはまだ微塵もない。それから4年。日々慌ただしく過ごしながら、互いの胸のなかであのひと言が少しずつ大きくなっていった。

一度、名指せない感情のゆたかさについてちゃんと考えてみたい。

そんなところから対談という構成を考え、本職でなくても〝言葉〟を使って表現・伝達する必要が日常的にある方を軸に人選、依頼をさせていただいた。

つまり、たったひと言に心が揺れた瞬間から、4年かけて津田さんと私の心のなかでふつふつと日本酒が発酵するように企画の種が育ち、やがて連載という形になったわけである。

なんでもファストがいいとされる世の中で、準備期間含め長い時を熟成させることでやっと実った果実の大きさは、想像以上であった。ひとえに、快く対談を引き受けてくださった方々のおかげである。

さらにこのたび、編集者・矢澤純子さんのお声がけで、思いがけず書籍という形に残すことができた。24年前から夢中で星占いを読んでいた石井ゆかりさんと、このテーマでじっくり対談できたことも果報である。

なかなかつかみづらいテーマに対し、興味を持って受け止めて、胸襟を開いて話してくださった13人の皆さんに、この場を借りてあらためてお礼を申し上げたい。ありがとうございました。

さてこの対談集は、13回写真家がすべて異なる。

毎回「え、こんなカットをいつ？」と、写真が上がるたび、嬉しい驚きの連続であった。川の水面、空、2階から見下ろした劇場、木漏れ日、影……。限られた状況で、既視感のない創造的な作品を、それぞれが趣向を凝らして撮り下ろしてくださったおかげで、とてつもない奥行きが加わった。書籍になって、あらためてその実感を強めている。

川内倫子さんが小4の頃から今もずっと「自分のなかに詩がある」と語った。僭越ながら私も芯の部分にその感覚がある。ほかの方からも、詩の話はたびたび登場した。一冊の対談集にまとめた今、これはある意味で詩集ではないかと思っている。正解や定形のない生き方の自由詩。あなたはどうお思いになるだろうか。

大平一枝（おおだいら かずえ）

作家、エッセイスト。編集プロダクションを経て1995年独立。市井の生活者を描くルポルタージュや、エッセイを執筆。著書に『東京の台所』（平凡社／毎日文庫）、『男と女の台所』、『ただしい暮らし、なんてなかった。』（平凡社）、『届かなかった手紙』（KADOKAWA）、『それでも食べて生きてゆく　東京の台所』（毎日新聞出版）、『注文に時間がかかるカフェ　たとえば「あ行」が苦手な君に』（ポプラ社）、『人生フルーツサンド』（大和書房）ほか。

HP【暮らしの柄】 https://www.kurashi-no-gara.com
X @kazueoodaira
Instagram @oodaira1027

【初出】「北欧、暮らしの道具店」https://hokuohkurashi.com
怒り、喜び、悲しみ。100%の感情ってあまりない（岡本雄矢）／2022年11月25日
努力してもままならないことが人生にはある（飛田和緒）／2022年12月27日
愛すべき孤独。寄り添うべき孤独。（ちがや）／2023年1月26日
自分がいつも、いちばんの親友（髙橋百合子）／2023年2月27日
孤独や言葉にできないというのは、心あたりのある感情（川内倫子）／2023年3月29日
それがないと自分が育たない、と思う時間（辻山良雄）／2023年4月24日
世界はなんて広いんだ。ひとりぼっちがたくさんいる！（三國万里子）／2023年5月26日
これも自分。うまく付きあっていくしかない（山本浩未）／2023年6月19日
だましだまし、折り合っていく。自分のトリセツの作り方（ヨシタケシンスケ）／2023年7月28日
ここからの人生は、ひとりよがりでいこうと決めた（谷匡子）／2023年8月25日
弱音のハードルを下げようって、自分に言い聞かせてます（三浦直之）／2023年9月19日
名もなき感情にラベルを貼ってしまうのは、もったいない（星野概念）／2023年10月30日

正解《せいかい》のない雑談《ざつだん》

言葉《ことば》にできないモヤモヤとの付《つ》き合《あ》い方《かた》

2024年4月4日　初版発行

著者　大平一枝《おおだいらかずえ》
発行者　山下直久
発行　株式会社KADOKAWA
〒102-8177　東京都千代田区富士見2-13-3
電話0570-002-301（ナビダイヤル）
印刷所　大日本印刷株式会社
製本所　大日本印刷株式会社

●お問い合わせ
https://www.kadokawa.co.jp/（「お問い合わせ」へお進みください）
※内容によっては、お答えできない場合があります。
※サポートは日本国内のみとさせていただきます。
※Japanese text only

定価はカバーに表示してあります。

ISBN978-4-04-683510-9　C0095